CH. QUINEL, H. MOREAU & F. VERDELLET

Les Gaîtés
de la Caserne

FANTAISIE MILITAIRE EN 2 ACTES & 6 TABLEAUX

Représentée pour la première fois, à PARISIANA, le Jeudi 21 Avril 1904.

10 H. — 10 F.

VISA DU 9 AVRIL 1904

PARIS
C. JOUBERT, Éditeur, 25, rue d'Hauteville.

Répertoire de la Société Dramatique.

Anciennes Maisons BRANDUS & JOUBERT réunies

C. JOUBERT, Successeur

ÉDITEUR DE MUSIQUE

PARIS. — 25, Rue d'Hauteville, 25. — PARIS

RÉPERTOIRE

DES OUVRAGES DE CONCERT EN UN ACTE

ABRÉVIATIONS : D. Veut dire du répertoire de la Société Dramatique, 8, rue Hippolyte Lebas. — Le surplus appartient au répertoire de la Société Lyrique, 10, rue Chaptal.

LOC. Veut dire : La musique n'est qu'en location et ne se vend pas.

Vaudevilles et Opérettes

AUTEURS	TITRES DES ŒUVRES	Hommes	Femm	Prix nets.
Marsan (de)	À bas les hommes	3 ou 6	9 ou 6	loc.
Saint-Maurice	Abricot (L') d	troupe	»	loc.
D. Tapisicaud	Absalon	2	1	6 »
E. Fournier	Accordeur (L')	2	3	loc.
Guillemaud	Adrien n'aime pas le Piano	3	1	loc.
Vaillès-Larnier	Affaire Cœurneveau (L')	5	1	loc.
St-Paul-S. Rose fils	Agence est au-dessus (L')	3	3	loc.
F. Bernizet	Agence Rabourdin (L')	1	1	5 »
Moreau	Ah! c'te Veine d	7	7	loc.
L. Bouvet-F. Muffat	Ah! la chouett' revue	4	4	loc.
Japy	À huitaine	troupe	»	5 »
C. Roland	Aiguilleur (L') d	1	1	loc.
S.-Paul-Rose fils	Air de la mer (L')	4	4	loc.
Bessière	À la Caserne	6	2	loc.
Lebreton-Bouvet	À la légion étrangère d	troupe	»	loc.
Ch. Esquier	Allumeur (L') d	2	1	loc.
L. Bouvet	Amour flambard-d. (L')	3	1	loc.
C. Roland	Amie de pension (L')	1	3	loc.
J. Jourda	Amies de nos Amis (Les) d	2	3	loc.
De Marsan	Ami Roscanvel (L')	4	3	loc.
Bessière	Amant Vanisère (L') d	7	6	loc.
Lebreton	Amour à coups de poings (L')	2	2	loc.
Lebreton-St-Paul	Amour en dentelles (L')	2	2	loc.
G. Street	Amour en livrée (L')	3	1	5 »
Desormes	Amour et l'appétit (L')	1	1	loc.
Vaillès-Garnier	Amour et sauvetage	3	2	loc.
A. Petit	Amoureux d'Yvonne (Les) d	5	3	5 »
De Farcy	Amour modiste (L')	2	3	loc.
V. Roger	Amour Quinze-Vingt (L')	3	1	4 »
Dottin Dollay-Layrice	Amours d'un piston (Les)	3	2	loc.
L. Bouvet	Anarchiste	3	1	loc.
M. Gribinski	Annonce (L')	3	3	loc.
Desormes	Antoine et Cléopâtre d	2	1	4 »
L. Dourel-E. Herbel	Apaches de l'Amour (L s)	troupe	»	loc.
S.-Paul-P. Avril	Apache est de rigueur (L')	1	2	loc.
Bessier-Moreau	Aphrodites (Les) d	4	8	loc.
Dorfeuil-Moreau	Après la vie de Bohème d	troupe	»	loc.
L. Bouvet	A propos de bottes	2	»	loc.
F. Ennueé	À qui le gosse ?	troupe	»	loc.
Moncey-Marien	Argot tel qu'on le parle (L)	5	3	loc.
M. Castagne	Arrachause de dents (L')	2	1	4 »
Bouvet-Arribat	Arrestation arbitraire	4	2	loc.
Marc Sonal	Arrêts de rigueur	1	1	loc.
Dourel, Roydel, Montjardin	Artistes pour rire d	6	4	loc.
Géraldy	Ascension du Mont-Blanc (L')	1	4	loc.
L. Martin-Duhem	Auberge du Tambour battant (L')	2	2	loc.
Dudot-de Corsse	Au Chat qui pelote d	troupe	»	loc.
Banès	Au Coq happé	3	2	5 »
D. Fabrice-desPlanches	Audience est ouverte (L')	5	5	loc.
Carpentier et J. Meudrot	L'Audition de Saint Glinglin	3		loc.
Uzès	Au soleil d'or d	8	2	6 »
Lebreton-Moreau	Au temps des cerises d	5	3	loc.
Aubrineau	Auteur par amour	1	2	5 »
Lebreton-Moreau	Autour d'une guérite d	3	2	loc.
Henry Moreau	Avant le bal	1	1	3 »
L. Rivaux et G. Dubreuil	Avarié du Mardi-Gras (L')	3	2	loc.
Menge, Gitofalo, Gombrie	Baba Bouzouck d	5	6	loc.
Deransart	Baigneur et nageuse	1	1	3 »
Aubigeon, Dourel-Roydel	Baigneuses de Cocotteville (Les)	5	9	loc.
A. Mouëzy-Éon	Bain de pieds (Le)	1	2	loc.
Moreau	Balayeur de chez Maxim's (Le) d	7	8	loc.
Rose fils et Ryvez	Banquier malgré lui	3	3	loc.
Leserre	Barbe-Bleue	1	»	2 »
L. Moche	Baronne	2	1	loc.
Ratcée-Tranchant	Bataillon Desroches (Le) d	10	10	loc.
Aubigeon-Desplau	Battage (Le) d	2	1	loc.
A. Moyne	Béguin d	2	1	loc.
Mestre-Aubry	Belle Dinde (La) d	9	11	loc.
De Marsan	Belle-mère apprivoisée (La)	4	3	loc.
Lebreton-St-Paul	Belle-mère est sans pitié (2e éd)	2	2	loc.
Wachs	Bibi ou l'Enfant de l'Amour	1	1	4 »
Bouvet-Muffat	Bigarne de la Bastille (Le)	3	3	loc.
C. Roland	Bimariés	1	1	loc.
E. Lebreton, L. Mars	Bon billet de logement (Le)	7	6	loc.
Bouvet-F. Muffat	Bonne nuit Tardiveau !	3 ou 2	2 ou 1	loc.
Bessière	Bonsoir !!!	1	1	loc.
...couillet	Coupaie discret	2	1	loc.

AUTEURS	TITRES DES ŒUVRES	Hommes	Femm	Prix nets.
Gonot	Joum ! Servez chaud	1	1	4 »
H. Moreau-Arnould	Braves gens (Les)	7	5 ou 7	loc.
H. Hirchmann	Brelan de bègues	2	1	5 »
H. Moreau et Mauriec	Bretelles (Les)	2	1	loc.
F. Bernicat	Cadets de Gascogne (Les)	troupe	»	7 »
Banès	Cadiguette (La)	1	1	5 »
Saint-Paul	Cage de l'Oncle Tom (La)	3	2	loc.
Lebreton	Caïn	3	2	loc.
Javelot	Calino amoureux	2	1	1 »
Lebreton et Soudant	Camelots (Les)	6	5	loc.
Chevalet-Audray	Canne d'un grand homme (La) d	2	2	loc.
E. Bouchaud	Cantine Grovot (La)	5	3	loc.
Lebreton-Moreau	Ça porte bonheur	5	3	loc.
V. Herpin	Capricorne (Le)	troupe	»	loc.
F. Barbier	Carmagnole (La)	3	3	5 »
Lebreton-Moreau	Carnaval conjugal (Le) d	9	9	loc.
A. Berthon	Carnaval des 4 z'arts	6	2	loc.
Levavasseur	Carte de visite (La)	3	3	loc.
Autigeon-Desplan	Cascadin et Cie	6	5	loc.
O. Méténier-D Fabrice	Casque d'or	1	3	loc.
Léon Jancey	Cavalier Bourlot	2	»	loc.
F. Lemon-J. Moy	Ce cochon d'Émile	3	2	loc.
D Jourda	Celles qui savent	1	2	loc.
Treblu-Schwaeblé	Cendrillette ou la Culotte merveilleuse d	troupe	»	
Chabad, Colonge Tranchant	Ce pauvre Bobinet	2	1	loc.
De Marsan	Ce Sacré Narcisse	4	4	loc.
D. Fabrice	Ce Zidore	3	»	loc.
Ces canailles de couturières d	Ces canailles de couturières d	6	6	loc.
A. Mesnil-P. Raymond	C'est la vie	3	2	loc.
G. Rose fils-P. Louvirel	C'est un secret de polichinelle	2	2	loc.
Ohnu	Chambre à louer	1	1	2 »
Javillier	Chambre à part d	4	2	loc.
Henry Moreau	Chambre de bonne d	3	2	loc.
L. Bouvet	Chanson de Florentin (La)	3	2	loc.
V. Roger	Chanson des Ecus (La)	3	1	4 »
P. Hénrion	Chanteuse par amour (La) d	»	1	6 »
G. André	Chaos (Le)	1	1	4 »
Moréan-Boucherat	Chasse royale d	troupe	»	loc.
Lebreton-Moreau	Chasseurs Alpins (Les) d	6	5	loc.
Cieutat	Chaste Suzanne (La) d	troupe	»	loc.
H. Gilbert	Chaste Suzanne	2	2	loc.
Yvel	Chéri des Dames	4	2	loc.
Dourel, Roydel, E. René	Chevalier Tric-Trac (Le)	2	3	loc.
Dourel-Roydel	Chez la Costumière d	troupe	»	loc.
Meynard	Chez le dentiste	3	1	8 »
Lhuillier	Chez les Corniquet	1	1	loc.
G. Lebreton	Chez « Ma Tante »	7	5	loc.
O. Rosenquest	Chicard et Bébé	1	1	4 »
Bornier	Chien et Chat d	4	1	loc.
Boulay-Layrice	Choc en retour d	2	2	5 »
L. Bouvet	Cinq à sept de chez Pétrone (Les)	6	4	loc.
Moreau-Gramet	Cinq contre un	3	5	loc.
L. Bouvet-F. Muffat	Cinq sous de Lavarenne (Les) d	4	3	loc.
H. Brasseur-L.T.	Circulaire du Préfet (La)	6	2	loc.
F. deMouvray-J. Kolb	Cire de Vergy (La) d	4	3	loc.
Villebichot	Cirque Ponger's (Le)	troupe	»	6 »
J Lorrain-D. Fabrice	Clair de lune d	7	4	loc.
Trébla-Saint-Cyr	Claudine en vadrouille d	troupe	»	loc.
B. Lebreton-E. Blairat	Clef des Songes (La)	4	3	loc.
L. Bouvet	Clémence d'Auguste (La)	2	1	loc.
Bessière	Clou (Le)	2	2	loc.
L. Collin	Coco Bel-Œil	3	1	loc.
A. Petit	Cocotte et chiffonnier	1	1	6 »
L. Bouvet	Codicille (Le)	4	4	5 »
Ch. Monget-de Marsan	Colo saute le mur (Le)	5	3	loc.
Villemer, Delormel, Péricaud	Colosse de Rhodes (Le)	3	»	4 »
L. Bouvet-G. Arribat	Commandant Lavertu (Le)	5	4	loc.
S.-Paul-G Rose fils	Commissaire est embêté (Le)	3	2	loc.
Boulay-Layrice	Complice (Le)	3	2	loc.
A. Petit	Confections pour dames	2	4	5 »
L. Bouvet-Schmoll	Congrès des Cocottes (Le)	5	7	loc.
G. Touze H. Barbé	Conquêtes difficiles	3	1	loc.
Lebreton-Moreau	Conscrits bretons (Les) d	7	5	loc.
L. Collin	Conscrit tyrolien (Le)	1	1	3 »
E. Brasseur	Constat d'adultère d	6	3	loc.
Habrekorn et P. Marc	Contes de Piron (Les)	2	10	loc.

CH. QUINEL, H. MOREAU & F. VERDELLET

Les Gaîtés
de la Caserne

FANTAISIE MILITAIRE EN 2 ACTES & 6 TABLEAUX

Représentée pour la première fois, à PARISIANA, le Jeudi 21 Avril 1904.

10 H. — 10 F.

Visa du 9 avril 1904

PARIS

C. JOUBERT. Éditeur, 25, rue d'Hauteville.

Répertoire de la Société Dramatique.

PERSONNAGES ET DISTRIBUTION

CUISINIER	MM. VILLOT.
BALUCHE	GIRIER.
L'ADJUDANT OCULI	BARALLY.
FRIVOLARD	GABIN.
LEDRU	CHAVAT.
GRIBOUILLOU	FAVART.
FORGEOT	GRADELS.
JACQUINOT	CARJOL.
LE PERMISSIONNAIRE LE BRIGADIER	RESSE.
LE CAPORAL	THÉOPHANE.
1er SAPEUR 1er SOLDAT	DELMANCE.
2e SAPEUR 2e SOLDAT	LOBIN.
UN HOMME DE GARDE	BÉJUY.
ADÈLE	MARCELLE FABRY.
PIVOINE	NAZAIRE.
Mme LEDRU	NOVA.
NANA	J. ALEX.
FRANÇOIS (travesti)	LISEROAN.
STELLA	LAMY.
REBECCA	CHAMBERLIN.
EMILIE	VÉRON.
SARAH	PAILLART.
AMANDA	ICHAC.
CARMENCITA	MOUSSET.
FLORA	PHALIPAU.
LOUISA	PHILIPPONAT.

Clairons, Réservistes, Soldats, etc.

A Notre Ami
ÉMILE RICHAIN.

CH. QUINEL, H. MOREAU & F. VERDELLET

LES GAÎTÉS DE LA CASERNE

FANTAISIE MILITAIRE EN 2 ACTES ET 6 TABLEAUX

ACTE PREMIER

PREMIER TABLEAU

Le Béguin de la Cantinière

La cour de la caserne du 206° à Châlons-sur-Meuse. La toile du fond représente le mur de la caserne avec une grille praticable, au lointain, on aperçoit la ville de Châlons.
A gauche, 1ᵉʳ plan, le bureau du commandant-major. Devant le bureau du Major, les tables des secrétaires. — A droite, 1ᵉʳ plan, la cantine. Devant la cantine, une table avec 3 tabourets.
Pendant toute la 1ʳᵉ scène, jusqu'à la réplique « Grouillez-vous il est moins cinq pour le clou », des réservistes entrant par la grille, cherchant des yeux la pancarte de leur classe, et après avoir donné leur livret au caporal ou aux secrétaires, sortent par le 2ᵉ plan gauche.

SCÈNE PREMIÈRE

Le Caporal-Secrétaire, 1ᵉʳ Secrétaire du Major, 2ᵉ Secrétaire, Baluche, Forgeot, Gribouillou, *puis* **l'Adjudant Oculi,** *puis* **Adèle Jacquinot, des Réservistes.**

(A gauche, devant le bureau du Major, le Caporal et les deux soldats secrétaires sont assis devant 3 petites tables. A côté de chaque table, un piquet portant une grande pancarte. Sur la 1ʳᵉ on lit : classes 1882, 1885, sur la 2° : classes 1886, 1889 ; sur la 3ᵉ : 1890, 1892. Au lever du rideau des réservistes en civil, types amusants défilent devant les secrétaires leur livret à la main. A droite, Baluche, Forgeot et Gribouillou, en tenue de sortie, tunique et ceinturon, sont en train de boire à une des tables de la cantine.)

Forgeot, *chante.*

I

La bell' me fait voir son
Youp, youp, petit, pétap,
Tap, tap !
La bell' me fait voir son mollet,
Youp, youp, la ri ra dondé.

II

Moi, je lui fait voir mon
Youp, youp, petit, pétap.
Tap, tap !
Moi, je lui fais voir mon soulier,
Youp, youp, la rira dondé.

III

Ell' dit mon vieux ah ! quell'
Youp, youp, petit, pétap,
Tap, tap !
J' lui dis mon vieux ah ! quell' santé,
Youp, youp, la ri ra dondé.

(Ils rient bruyamment.)

Le Caporal

Hé ! dites donc, là-bas, vous n'avez pas fini de chanter, on ne s'entend pas écrire.

Gribouillou

C'est bien, caporal, on va mettre une sourdine.

Le Caporal

Après la réception des réservistes, vous pourrez brailler à votre aise.

Forgeot

On ira faire du boucan en ville ; on attend l'heure de la soupe pour se trotter.

Le Caporal

Fermez, voici l'adjudant Oculi.

L'Adjudant, *paraissant, 2e plan droite.*

Caporal, le réserviste cuisinier que le colonel nous a signalé est-il arrivé ?

Le Caporal

Pas encore, mon adjudant.

L'Adjudant

Comment pas encore ! Il est bientôt cinq heures. Si ce fricoteur n'est pas là dans dix minutes, il n'y coupera pas de quatre jours de rabiot. Prévenez-moi dès qu'il sera là, le colonel attend ce cuisinier avec grande impatience.

Le Caporal.

Bien, mon adjudant.
(*L'adjudant sort, premier plan gauche.*)

Gribouillou, *appelant.*

Madame Jacquinot !

Forgeot

Une bouteille de blanc, une !

Adèle, *au dehors.*

Voilà ! voilà !

Gribouillou

Eh bien, Baluche, quéque t'as, tu ne dis rien ?

Baluche

Je ne dis rien, parce que j'ai rien à dire, et puis je pense...

Forgeot

Tu penses à quoi ?

Baluche

Je sais pas, à rien... J'ai faim et moi quand j'ai faim, ça me rend triste.
(*Adèle apporte une bouteille qu'elle verse dans les verres.*)

Forgeot

Patiente un peu, mon poteau, on va pas tarder d'aller boulotter.

Adèle, *entre Gribouillou et Forgeot.*

Ces messieurs dînent en ville ?

Gribouillou

Oui, belle cantinière, c'est en l'honneur de Baluche, notre bleu.

Baluche, *niaisement.*

C'est moi, Baluche...

Adèle

Je m'en doutais.

Forgeot

Il y a un mois que Baluche est au régiment et ce soir, il paie sa bienvenue à ses deux camarades de lit.

Baluche

Même que le père a envoyé un mandat de vingt francs à mon cousin Frivolard.

Adèle

Comment le sergent Frivolard est votre cousin ?

Baluche

Mais oui, mais oui, c'est mon cousin et il l'a toujours été.

Adèle

Il va dîner avec vous, le sergent ?

Gribouillou

Pour sûr. C'est lui qu'est le trésorier de la petite fête.

Baluche

Le père y a envoyé le mandat à cause que j'ai pas l'habitude d'avoir de l'argent.

Adèle, *près de Gribouillou.*

Alors, ce soir, c'est la grande noce.

Forgeot

C'est la bombe !

Gribouillou

Même qu'après le dîner on ira...

Forgeot

Tais-toi donc bavard, tu vas faire rougir Mme Jacquinot. (*Ils continuent de causer*).

Le Caporal, *à deux réservistes qui arrivent.*

Grouillez-vous, il est moins cinq pour le clou.

L'Adjudant, *revenant 1er plan gauche sur le seuil de la porte.*

Eh ! bien, caporal, et ce cuisinier ?

Le Caporal

Il ne manque plus que lui, mon adjudant

L'Adjudant

· En voilà un rossard ! Le colonel vient encore de m'envoyer un planton, cré nom de nom ! Ce que je vais le saler le réservoir... (*Il sort 1er plan gauche*). ·

Gribouillou, *continuant la conversation.*

Oui, vous comprenez, Madame Jacquinot, Baluche est un peu gourde, il faut le dégourdir, c'est pour ça qu'après dîner nous irons à la Brasserie Cosmopolite.

Baluche

J'ai une permission de la nuit que mon cousin Frivolard m'a fait avoir.

Adèle

Alors, il ira avec vous le sergent ?

Forgeot

Tiens, il est assez joli garçon, toutes les demoiselles de la Brasserie raffolent de lui.

Adèle

Ah ! (*Descendant au milieu de la scène, à elle-même*) Dire que si je voulais, mon joli sergent n'irait pas à la brasserie... Mon mari est en voyage... Si j'osais pourtant ?... Mais voilà... j'ose pas... (*Elle rentre dans la cantine*).

SCÈNE II

LES MÊMES, *moins* **Adèle, Cuisinier.**

(*Séraphin Cuisinier paraît au fond. Il descend craintivement en scène. Les trois soldats à droite boivent et causent bas, pendant toute la scène suivante*).

Cuisinier, *au public, au milieu de la scène.*

C'est curieux tout de même, aussitôt que j'entre dans une caserne, je suis comme abruti... j'ai une frousse... oh ! mais une frousse terrible. Les galons ça me fait peur. J'ai eu tort de me charger de la commission de mon ami Tourtopain. Comme j'allais chercher la sage-femme pour mon épouse qui l'attend avec impatience, Tourtopain me dit : « J'ai un sursis, porte donc mon livret à la caserne, c'est sur ton chemin. Au fait, ousque j'ai mis son livret à Tourtopain (*Il cherche*) Quand j'étais au régiment je couchais tous les jours la boîte. J'ai cessé d'être mis dedans quand on m'a mis dehors, au bout de mes trois ans ! Heureusement qu'il n'y a là qu'un caporal... sans ça j'aurais une frousse... (*L'adjudant sort 1er plan gauche et vient causer au caporal en tournant le dos au cuisinier*) Rien qu'un adjudant, ça me fait un effet ! Ah ! voilà le livret de Tourtopain. Allons vite le porter. (*Il se heurte à l'adjudant*).

Oculi

Espèce de paquet !

Cuisinier, *épouvanté.*

Mon adjudant... je...

L'Adjudant, *passant 2.*

Taisez-vous ! Est-il laid, cet animal-là ! Vous êtes réserviste. Allez là-bas au bureau du major.

Cuisinier

Mon adjudant, je vas vous expliquer. Je suis réserviste comme tout le monde, mais aujourd'hui je viens pour...

Oculi

Ne faites pas des yeux de langouste... Quelle classe êtes-vous ?

Cuisinier

Moi, mon adjudant ?

Oculi

Naturellement, c'est pas le pape !

Cuisinier

Moi, mon adjudant, classe 1890.

Oculi

Eh bien, c'est là, à la 3e table. Vous voyez l'écriteau, classe 1890-1892.

Cuisinier

Je vois bien l'écriteau, mais je vais vous dire.

Oculi

Rien du tout... Troisième table... Est-il bouché.

Cuisinier, *au public.*

Je ne suis pas boucher, je suis peintre en bâtiment. (*Il est allé à la 3e table et à remis au secrétaire le livret Tourtopain.*)

Oculi

Dans quelle classe est-il ce phénomène-là ?

2ᵉ Secrétaire

Mon adjudant classe 1882. C'est à la table du caporal.

Oculi

Comment classe 1882 ?... Cet imbécile vient de me dire classe 1890. Je me disais aussi que pour être de cette classe-là, il était rudement moisi.

Cuisinier, *à part.*

Voilà que je suis moisi, maintenant !

Oculi

Voyons, de quelle classe êtes-vous, l'abruti ?

Cuisinier

Classe 1890, mon adjudant.

Oculi, *au secrétaire.*

Alors, qu'est-ce que vous me chantez-vous ?

2ᵉ Secrétaire

Mon adjudant son livret porte classe 1882.

Oculi

C'est trop fort, donnez-moi votre livret. (*Il lit.*) Tourtopain, Jules-Alfred, mais oui, classe 1882... Ah ! ça mais, il est tout à fait maboul ! Profession de cuisinier. Cuisinier...

Cuisinier

Cuisinier, c'est moi, mon adjudant.

Oculi, *passe 1.*

Il fallait le dire tout de suite (*Au caporal.*) C'est le cuisinier que le Colonel attend... (*A cuisinier.*) Pourquoi ne m'avoir pas dit que c'était vous le cuisinier ?

Cuisinier

Vous ne m'avez pas demandé mon nom, mon adjudant, mais ma classe...

Oculi

S'agit pas de votre nom, imbécile.

Cuisinier

Mais si, mon adjudant.

Oculi

Mais non. Quelle moule !

Cuisinier, *au public.*

Mais si Cuisinier, c'est mon nom. Je m'appelle Séraphin Cuisinier.

Le Caporal, *venant à Cuisinier.*

Venez vivement avec moi au magasin d'habillement.

Cuisinier

Moi, pourquoi faire ?

Oculi

Pour vous habiller parbleu ! Le Colonel vous attend.

Cuisinier, *abasourdi, passant au 2.*

Le Colonel m'attend !

Oculi

Mais oui, vous ferez vos 28 jours chez lui.

Cuisinier

Mais 28 jours ? Mais mon adjudant, je ne peux pas les faire maintenant.

Oculi

Ah bah ! et pourquoi ça ?

Cuisinier

Ma femme est sur le point d'avoir un enfant on attend d'un moment à l'autre.

Oculi

Que voulez-vous que ça fasse au gouvernement ? Avez-vous un sursis ?

Cuisinier

Un sursis ? Mais je n'en ai pas demandé.

Oculi

Alors qu'est-ce que vous réclamez ? Allez, allez vivement. Vous n'êtes pas à plaindre, 28 jours de fricotage.

Cuisinier

Mais ma femme...

Oculi

Elle accouchera bien sans vous, votre femme. Allez caporal, faites habiller cet homme et conduisez-le vous même chez le colonel. (*L'adjudant s'en va par le 1ᵉʳ plan gauche*).

Le Caporal

Bien, mon adjudant. (*A Cuisinier*) Allons, viens, mon vieux réservoir, ne rouspète pas, t'aurais tort. (*Fausse sortie par le 2ᵉ plan gauche*).

Cuisinier, *abruti.*

Eh ben, quand on me reprendra à faire des commissions pour les autres ! Et ma femme qui m'attend. (*Il sort par la grille. Le caporal revenant en courant*). Arrêtez-le. (*Il ramène Cuisinier et tout deux sortent par le 2e plan gauche*).

SCÈNE III

LES MÊMES, *moins* L'Adjudant, le Caporal e' Cuisinier *puis* Frivolard.

1er Secrétaire au 2e, *en se levant.*

Dis-donc, mon vieux, le caporal n'est pas là, c'est le moment d'aller voir si les gamelles sont prêtes.

2e Secrétaire

Et d'en choisir deux à la hauteur. (*Ils sortent 2e plan gauche.*)

Gribouillou, *à Baluche.*

Baluche, v'là ton cousin. (*Frivolard paraît en tenue de sortie' 2e plan droite*).

Forgeot

Sergent, voulez-vous trinquer avec nous ?

Frivolard

Merci. Filons tout de suite, je connais le sergent de garde, il nous laissera passer.
(*Les soldats se lèvent et remontent au fond. Frivolard les suit, mais à ce moment Adèle sort de la cantine*).

Adèle

Un mot sergent, je vous prie.

Frivolard, *sur le seuil de la grille.*

Je suis pressé, Mme Jacquinet.

Adèle

Deux minutes seulement, M. Frivolard.

Frivolard, *aux soldats.*

Attendez-moi devant la caserne. (*Les soldats sortent par la grille*).

SCÈNE IV

Adèle, Frivolard.

Adèle, 2.

Vous êtes toujours fâché sergent ?

Frivolard, 1.

Toujours... Et vous savez bien pourquoi !

Adèle

Laissez-moi encore le temps de réfléchir.

Frivolard

Voilà trois mois que vous réfléchissez. Trois mois que je vous fais une cour assidue trois mois que je frappe à la porte de la cantine sans que vous me laissiez entrer.

Adèle

Mais je suis mariée et mon mari est si jaloux.

Frivolard

Il y a trois jours que votre mari est en voyage et si vous aviez voulu.

Adèle

Je ne pouvais pourtant pas vous recevoir dans ma chambre.

Frivolard

Il fallait venir dans la mienne.

Adèle, *passant au 1.*

Oh ! les hommes, tous les mêmes ! On leur parle d'amour, ils répondent : Viens dans ma chambre.

Frivolard, 2.

Mais c'est ça l'amour. (*Il veut l'embrasser*).

Adèle

Soyez prudent, on peut nous voir.

Frivolard

Alors, c'est convenu pour cette nuit ?

Adèle, *se dégageant passe au 2.*

Non, plus tard, demain, un autre jour.

Frivolard, 1.

Demain, votre mari sera de retour, et dans deux jours le régiment part aux manœuvres.

Adèle, 2.

Et ma cantine reste au dépôt. Nous allons être trois semaines sans nous voir, Achille.

Frivolard

Raison de plus pour ne pas hésiter, mon Adèle adorée ! C'est-y oui ?

Adèle

Non ! Je veux être bien sûre que vous m'aimez.

Frivolard

Eh bien, moi, j'en ai assez de l'amour platonique. Trois mois de sagesse, c'est trop pour un
homme seul. Aussi, ce soir, je conduis mon cousin
à la Brasserie cosmopolite et là, à nous les femmes !
Ah ! ce que je vais la faire, la bombe ! Et une
bombe carabinée !

Adèle

Achille !

Duetto de l'amour Platonique.

AIR: *L'amour malin.*

Frivolard

Non, je ne suis pas content
Depuis l' temps
Que j'attends
Pour vous, ma tendresse est vive
La réserv' ne m'va pas car moi je suis de l'active !
Puisque l'amour vous troubla
Votr' mari n'est pas là.
Ne soyez pas si craintive ;
Allons mets y du tien
Moi j'y mettrai du mien.

Adèle

Sergent vous m'êt's très sympathique
Si vous m'aimez un peu
Restons encor' dans l' bleu
Dans l' rêve de l'amour platonique !
Aimons-nous tendrement
Mais chastement.

Frivolard, *furieux.*

L'amour est un p'tit garçon
Sans façon
Polisson
Qui n'aim' pas à fair' des phrases !
Les baisers platoniqu's ça n' vaut par les extases !
Si tu n' veux pas m'accorder
C' que je t'ai demandé
Je te dirai tu me rases :
Ailleurs je vais chercher
Un' femme qui veut m'aimer

Frivolard

Ah ! c'est bien vous qui l'aurez voulu. (*Il sort
par la grille*)

SCENE V

Adèle, *puis* **Ledru.**

Adèle, *remontant et regardant la grille.*

Achille ! Achille ! Comment il s'en va sans
même tourner la tête. (*Elle redescend au milieu
du théâtre*) Mais je ne veux pas qu'il aille à cette
Brasserie. C'est de ma faute aussi, j'aurais dû
céder ! Mais je ne pouvais pas pourtant comme
ça tout de suite !

COUPLET

AIR : *Folichonnade. — Refrain.*

J' veux bien m'offrir cette amourette
Et l' laisser filer s'rait trop bête,
Car il doit être un chic amant
Et ça n' se voit pas si souvent.
Quand l' désir voltig' dans l'espace
Faut pas rater l' béguin qui passe
Car si je l' laissais s'échapper
Une autre irait vit' se l' payer.

Adèle, *remonte vers la table ou étaient assis les trois
soldats, range les verres et fait le tour de la table.*

Oh ! cette idée qu'il va se trouver avec des femmes et quelles femmes ! Je deviens folle !...
comment l'en empêcher ?

Ledru, *à la sentinelle dehors.*

Merci, mon ami, je connais la cantine, j'y viens
assez souvent.

2, **Adèle,** *sans le voir.*

Si j'allais à cette brasserie ? Oui, mais comment ?

Ledru, *s'approchant d'Adèle*

Bonjour Mᵐᵉ Jacquinot.

Adèle

Bonjour Monsieur Ledru. (*A part*) Oh ! cet
homme... dire que c'est dans son café
qu'Achille... J'ai envie de l'étrangler. (*Elle s'ap-
proche de lui*).

Ledru

Qu'avez-vous, chère madame, vous paraissez
fort agitée.

Adèle, 2.

Moi, non, rien. Vous venez voir mon mari ? Il
est à Reims.

Ledru

Je sais, je sais.

Adèle

Si vous saviez que mon mari est absent, je ne
comprends pas.

Ledru

Je vais vous expliquer ma présence en deux
mots, Adèle, je vous gobe.

Adèle

Hein ?

Ledru

Je vous gobe, je vous veux et je vous aurai.

Adèle

Non, mais vraiment, vous avez cru que comme ça tout de suite... Ah ! non, laissez-moi rire. (*Elle remonte comme pour sortir*).

Ledru, *l'arrêtant et redescendant avec elle*

Écoutez Adèle. je suis riche, vous devez bien avoir quelques petites fantaisies à satisfaire... Si de temps à autre vous aviez besoin d'un joli petit billet de cent francs.

Adèle, *va pour le gifler*

Inso... (*Ledru tend la joue d'un air comique, se ravisant à part.*) Quelle idée !

Ledru, *même jeu*

Eh bien ?

Adèle, *changeant complètement d'attitude*

Monsienr Ledru, vous m'en direz tant...

Ledru

Alors, ça y est ?

Adèle

Je ne dis pas non.

Ledru

Où ? chez vous ?

Adèle

Non, pas chez moi. A votre brasserie. (*Stupéfaction de Ledru.*) Je voudrais tant la connaître... Il paraît qu'on s'y amuse follement !

Ledru

C'est bien imprudent, mais enfin il y a un moyen. Nous attendions hier une nouvelle servante qui n'est pas venue, je peux vous envoyer son costume.

Adèle

Oui, c'est ça.

Ledru

Un très joli costume de Hollandaise, costume complet, des souliers à la perruque.

Adèle, *passant au 1*

Comme ça il y a des chances pour que l'on ne me reconnaisse pas.

Ledru

Voyons, entendons-nous bien. Ce soir, je mène Mme Ledru au théâtre‘ nous serons de retour vers minuit. Soyez à la maison à une heure, ma femme sera couchée et c'est moi qui vous recevrai, belle Adèle.

Adèle, *se dégageant passe au 1 en s'en allant*

C'est entendu, mais vous serez discret ! Envoyez-moi vite le costume, adieu, gros séducteur ! (*A part.*) Je vais donc retrouver mon beau sergent. (*Elle entre dans la cantine.*)

Ledru

A ce soir, mon adorée ! (*Il lui envoie un baiser.*)

SCÈNE VI

Ledru *puis* l'Adjudant

Ledru

Voilà c'est pas plus malin que ça... le tout est de savoir s'y prendre. L'essentiel maintenant est de ne pas me faire pincer par ma femme. Elle ferme les yeux sur les servantes, mais avec la femme du cantinier, je crois qu'elle serait moins commode. (*Il remonte et va pour sortir par la grille.*)

1, Oculi, *sortant 1er plan gauche et l'apercevant*

Tiens, M. Ledru. (*Ledru salue et redescend.*) Vous êtes venu voir ce noceur de cantinier, il est en voyage paraît-il.

2, Ledru

Sa femme me l'a dit. Il y a bien longtemps qu'on ne vous a vu à la Brasserie, mon lieutenant.

1, Oculi, *passant au 1*

J'ai soupé de votre boite. Votre femme manque d'amabilité à mon égard.

2, Ledru

Ce n'est pas possible ! Ma femme oublier à ce point les convenances avec les clients. Je vais la rappeler à l'ordre.

Oculi

Ce n'est pas la peine. Vous ne me verrez pas de sitôt.

Ledru

Nous avons pourtant de nouvelles verseuses.

Oculi, *se rapprochant, intéressé.*

Alors, j'irai peut-être, mais à la condition que votre femme soit aimable.

Ledru

J'y veillerai, mon Lieutenant. A bientôt (*Il sort*).

Oculi

Bonjour. Quel sale type ce Ledru. J'ai un béguin sérieux pour sa femme, mais c'est comme des dattes. J'ai pourtant dépensé rudement de la galette dans sa cambuse.

(*Oculi s'asseoit à la table de gauche. Une servante sort de la cantine lui sert une absinthe et emporte la bouteille et les verres qui étaient restés sur la table.*)

SCÈNE VII

Oculi, **Cuisinier**, *conduit par deux sapeurs. Ils entrent du fond par la gauche.*

(*Cuisinier est en pantalon rouge, une veste et une calote de cuisinier et un tablier bleu.*)

1ᵉʳ Sapeur, à Cuisinier. (1)

1ᵉʳ Sap., 1 ; Cuis., 2 ; 2ᵉ Sap., 3 ; Oculi, 4.
Tu comprends, mon vieux, nous ne connaissons que la consigne.

2ᵉ Sapeur (3)

Le colonel nous a dit de te remettre entre les bras de l'adjudant de semaine, nous ne pouvons pas faire autrement.

Cuisinier (2)

Mais puisque je vous dis qu'il y a erreur. Je ne suis pas venu passer mes 28 jours, je suis venu pour l'ami Tourtopain.

1ᵉʳ Sapeur

Faut pas nous compter ça à nous. On n'est pas de semaine.

Cuisinier

J'étais allé chercher la sage-femme pour mon épouse qui doit se demander ce que je suis devenu.

2ᵉ Sapeur, *remet une lettre à Oculi et remonte près de Cuisinier.*

De la part du Colonel, mon adjudant.

(*L'adjudant lit la lettre*).

1ᵉʳ Sapeur

T'aurais mieux fait de ne pas essayer de fricoter.

2ᵉ Sapeur

Quand on n'est pas cuisinier, faut pas dire qu'on est cuisinier.

Cuisinier

Que vous êtes bêtes, mais puisque c'est mon nom de famille.

Oculi (4), *furieux à Cuisinier que les 2 sapeurs font passer près de l'adjudant.*

Alors, vous vous êtes moqué de moi, mon garçon... Vous vous dites cuisinier et vous n'êtes pas cuisinier.

Cuisinier

Mais si. mon adjudant.

Oculi

Ah ! non, assez, n'est-ce pas ! On n'a pas idée de ça, faire le pot au feu dans une lessiveuse !

Cuisinier

Dame, je ne sais pas moi.

Oculi

Oui, ça vous embêtait d'aller chez le colonel.

Cuisinier

A cause de ma femme qui m'attend. Alors laissez-moi partir.

Oculi

Où ça ?

Cuisinier

Chercher la sage-femme.

Oculi

Bougre d'imbécile ! Il faut d'abord faire ves
28 jours et même 32, car le colonel vous a flanqué
quatre jours de prison.

Cuisinier

Mais c'est une injustice ! Je ne veux pas.

Oculi

Ça vous apprendra à conter des blagues. (*Au
sapeur*) Conduisez-moi ce gaillard-là au caporal
de garde et qu'il soit bouclé tout de suite.

Cuisinier

Je veux m'en aller ! Je veux m'en aller ! Ma
femme m'attend avec la sage-femme !

(*On l'entraîne. Ils sortent tous les trois par le
2e plan gauche*).

SCÈNE VIII

Oculi, Un Clairon, *puis des* Soldats

(*Le clairon entre et sonne la soupe. Aussitôt,
des soldats en bourgeron, en veste, quelques réservistes non encore habillés se précipitent allant
chercher leurs gamelles. Ils repassent ; quelques-
uns vont s'installer à la cantine.*)

Tableau typique et pittoresque.

CHANGEMENT A VUE.

2e TABLEAU

La Grande Vadrouille

---

*A gauche 1er plan porte conduisant à la chambre de
Pivoine ; à gauche 2e plan, porte conduisant à la
chambre de la patronne ; à gauche 3e plan, grande
porte conduisant à la salle à manger. — A droite
1er plan, porte secrète conduisant aux remparts ;
à droite 2e plan, porte conduisant aux chambres des
serveuses ; à droite 3e plan, grande porte d'entrée
donnant sur le vestibule. — Entre les deux grandes
portes, le piano ; entre la 2e porte et la 3e porte
gauche, la caisse.*
*Le décor représente une brasserie de province. Au lever
du rideau Nana est assise à la caisse. — Frivolard devant la caisse boit avec Nana. — Pivoine assise sur les
genoux de Baluche. — 1er fauteuil cour, Stella, Rebecca,
Anita, Sarah, assises à la 1re table, cour jouant au
cartes. — Forgeot sur le tabouret de piano. —
Amanda est sur un de ses genoux. — Gribouillou assis
sur un fauteuil à la table jardin, Flora sur ses
genoux. — Carmencita derrière Gribouillou. —
Louisa assise sur la table fume une cigarette. —
2e fauteuil à l'avant-scène, un à gauche, l'autre à
droite. — Les cinq fauteuils sont recouverts de
housses.*

SCÈNE PREMIÈRE

**Stella, Rebecca, Anita, Sarah, Amanda,
Carmencita, Flora, Louisa, Nana.**

Stella, *à Rebecca* (9).

A toi de donner Rebecca.

Rebecca (11).

Y a quarante sous. (*Elle donne les cartes à tous
le monde.*)

Pivoine, *à Baluche* (13).

Quoique t'as, mon petit, tu ne dis rien !

Baluche (14).

Mais si, mais si...

Pivoine

Tu ne t'embêtes pas avec nous ?

Baluche

Mais non, mais non.

Frivolard, *descendant un peu en scène* (5).

Fais pas attention, Pivoine, mon cousin Baluche
n'est à la caserne que depuis un mois.

Gribouillou

Allons, Baluche, faut te dégourdir.

Baluche

Mais oui, mais oui, je me dégourdis, j'ai moins
froid aux pieds !

Forgeot

Faut pas avoir peur des femmes !

Baluche

Mais non, mais non !

Pivoine

Est-il mignon ! (*Elle cajole.*)

Anita, *après avoir donné les cartes* (10).

Qui prend la fille ?

Sarah (12).

Moi... atout de l'as. (*Elle continue de jouer.*)

Pivoine, *à Baluche en se levant.*

Dis donc, chéri, ça t'a t'y fait la peine de laisser ta bonne amie au pays ?

Baluche

J'ai pas de bonne amie, j'en ai jamais eu.

Pivoine

Alors, tu sais pas ce que c'est l'amour.

Baluche

Je sais ce que c'est sans savoir ce que c'est, approximativement parlant, vu que je me doute de la chose dont auquelles vous faites allusion !

(*Il remonte vers le piano et prenant les n°s 7 et 8 pendant que Forgeot et Amanda se sont levés et sont allés vers le groupe des femmes qui jouent et les regardent jouer, Forgeot devient 9, Amanda 10, Stella 11, Anita 12, Rebecca 13 et Sarah 14.*)

Flora (4).

Quand c'est-il qu'elle arrive, la nouvelle serveuse, la Belge.

Carmencita (3).

Je croyais que c'était une Hollandaise.

Louisa (1).

Flamande, Belge, Hollandaise, c'est kif kif bourricot.

Carmencita (3).

Pour sûr c'est toujours en Afrique.

Gribouillou (2).

Ah ! non, mettez-y un bouchon.

(*Ils boivent. — Nana a quitté sa caisse et est descendue à l'avant-scène, pendant les quelques répliques précédentes, les n^{os} deviennent Nana 1, Frivolard 2.*)

Nana, *à Frivolard* (1).

Et tes amours, beau sergent, que deviennent-elles ?

Frivolard, *s'asseyant sur le fauteuil de gauche* (2).

Mes amours, c'est toi si tu veux.

Nana

C'est donc fini, ton béguin pour la belle cantinière ?

Frivolard, *se levant vivement.*

Comment sais-tu ?

Nana

J'avais un pépin pour toi, tu n'as rien voulu entendre. C'était pas naturel. Alors je me suis renseignée et j'ai appris que tu en pinces rudement pour la belle Adèle.

Frivolard

Pas de blague Nana, Adèle est mariée.

Nana

On le sait : son mari vient assez souvent ici ! Il trompe sa femme avec la patronne.

(*Ils continuent de causer et vont à l'avant-scène de gauche. — Forgeot et Amanda sont remontés vers Baluche et Pivoine où se trouvent également Gribouillou et Flora qui y sont allés en même temps que Carmencita et Louisa.*)

Forgeot, *à Baluche.*

Voyons, mon bleu. faut pas rester là comme un serin ! T'as voulu venir à la Brasserie, tu dois être content.

Baluche

Mais oui, mais oui.

Pivoine

Laisse-le tranquille, ce petit. C'est bien naturel, c'est l'émotion.

Baluche, *se lève du tabouret du piano.*

Oui ! oui ! oui ! (*Il descend au milieu du théâtre avec Pivoine, suivi de Amanda, Flora. — Carmencita et Flora viennent également vers le groupe. — Gribouillou va vers Nana et Frivolard. — Flora, Carmencita, Louisa, Pivoine, Baluche, Amanda. — Forgeot revient à l'extrême droite, près des 3 femmes qui jouent.*
Pendant que tout ce mouvement se forme Rebecca jette des cartes sur la table et vient au 10. Fri., 1 ; Na., 2 ; Gri., 3 ; Lo., 4 ; Ca., 5 ; A., 6 ; Ba., 7 ; P.. 8 ; Flo., 9 ; Reb., 10 ; Stel.. 11 Ani., 12 ; Ani., 13 ; Forg., 14.

Rebecca

Non, mais qu'est-ce que j'ai fait à ces sales cartes pour avoir une guigne comme ça ?

Pivoine, *à Baluche.*

C'est mon premier début, vous comprenez ? Pas mon chéri ?

Baluche

Mais oui, mais oui.

COUPLET.

Vous comprenez, je n' suis qu'un bleu.
J'arriv' tout droit de ma famille.
Et près de vous, je tremble un peu.
Je suis plus timide qu'une fille.
Mesdemoisell's je ne sais pas
Si je vais me fair' bien comprendre
Mais j' n'ose pas toucher vos appas
Car je ne sais pas comment m'y prendre.
Mesdam's c'est la première fois
Que j' vois le bout d'un nichon rose
On a beau faire on n'est pas d' bois
Et ça m' fait tout d' mêm' quelque chose.

Pivoine

Est-il polisson ! Oui, mon chou, ça fait quelque chose, mais t'émotionne pas car :

Ensemble, *toutes les femmes refrain de :*
Sois gentille avec Ferdinand.

On te f'ra voir jeun' débutant
Quelque chose de très épatant
Tu verras, mon bibi, bibi
Comme on sait ici
Fair' la fête, buvant joyeusement
Ce soir nous chant'rons gaiment.

(Les femmes font tourner Baluche qui va tomber sur le piano. — Pivoine le suit, s'asseoit sur le tabouret et le fait asseoir sur elle. Sonnerie).

François, *venant de la 3ᵉ porte cour.*

Madame Nana, il y a quelqu'un qui a sonné.
(Les 3 femmes qui jouaient se lèvent et disent : Ah !)

*Bal., 1 ; Piv., 2 ; Car., 3 ; Flo., 4 ; Lou., 5 ;
An., 6 ; Reb., 7 ; Stel., 8 ; Ama., 9 ; Sani., 10 ;
Grib., 11 ; Friv., 12 ; Na., 13 ; Fr., 14 ; Fo., 15.*

Nana, *s'avançant au milieu de la scène.*

Il est minuit passé, on ne reçoit plus personne.

Les 4 Femmes, *furieuses.*

Ah !

François

C'est un habitué qu'il m'a dit, c'est **M.** Jacquinot.

Nana

Fais entrer et vivement alors.
(François sort.)

Baluche

Mon Dieu ! que je suis malade !

Pivoine

Ce ne sera rien, mon petit, bois une bénédictine !

SCÈNE II

Les Mêmes, Jacquinot.

Forgeot

Salut au beau cantinier du 206.

Jacquinot

Tiens, Forgeot, et vous aussi sergent. (*Il leur serre la main, ainsi qu'à toutes les femmes qui sont venues vers lui et au-dessus de lui*) Bonsoir, mesdemoiselles, mais dites donc, il est plus de minuit... C'est la grande noce.

Frivolard

Oui, nous sommes en bombe, nous fêtons la première sortie de mon cousin Baluche.

Baluche

Mais oui, mais oui.

Frivolard

Je vous croyais en voyage.

Jacquinot

Je suis revenu ce soir pour...

Gribouillou

Pour faire la fête aussi. Parbleu ! Mais as pas peur, on ne dira rien à ta femme.

Jacquinot

J'y compte bien et la preuve, c'est que j'offre une bouteille de champagne.

Pivoine, *de sa place.*

Une par tête ?

Jacquinot

Autant de bouteilles qu'il en faudra. (*Deux serveuses sont allées chercher du champagne*) Vous acceptez sergent ?

Frivolard

Avec plaisir, mais ne m'appelez plus sergent. A la brasserie, y a pas de gradés.

Gribouillon

Y a que des noceurs, pas vrai, Baluche ?

Baluche

Dieu ! que je suis malade, c'est la Bénédictine et le cigare. (*On apporte le champagne et les coupes.*)

Jacquinot

Mais je ne vois pas Ledru, ni la belle madame Ledru...

Nana

Les patrons ne vont pas tarder, ils sont au théâtre. (*On emplit les coupes et on trinque.*)

Jacquinot

Mesdames, à vos amours !

Gribouillon

Et allons-y de la ronde du 206ᵉ.

CHANSON DU 206ᵉ

Pivoine, 1. Baluche, 2. Verseuse, 3. Flora, 4. Anna, 5. Rebec., 6. Stella, 7. Verseuse, 8. Louisa, 8. Carme., 9. Gribo., 10. Frivo., 11. Jacqui., 12. Forgeot, 13. Aman., 14. Stella, 15.

Frivolard

Allons-y ! Je commence ! Première *Estrophe* !

Dans notr' chouett' régiment
Ment *(9 fois)*.
Tous les typ's' nuit et jour
Peuv't fair' sans s'arrêter
Ter *(8 fois)*
La guerre et mêm' l'amour.

REFRAIN

Avant fair' d'odo
Do *(4 fois)*
Voulez-vous les belles ?
Oui *(4 fois)*
Etre aimées des hommes
Du deux cent... cent sixième
Nous v'là qu'on s'amène
Tirez les rideaux.

Frivolard

Les bourgeois du pat'lin
Lin *(9 fois)*
Grâce à nous chaque année
D'viendront pèr' d'un marmot
Mot *(8 fois)*
Qui criera viv' l'armée.

REFRAIN

Fair'e plaisir à Piot
Piot *(4 fois)*
Voulez-vous les belles ?
Oui *(4 fois)*
Offrez-vous les hommes
Du deux cent... cent sixième
Nous v'là qu'on s'amène
Tirez les rideaux.

Ensemble, *le groupe de Frivolard, Gribouillou, etc. tournent en mouvement à droite, le groupe de Jacquinot, Forgeot, etc., tourne à gauche et tout le monde en descendant fait un vis à vis par deux en dansant.*

Ah ! mon colon, mince que c'est bon
Minois fripons
Relevez vos jupons
Des p'tits frissons
Des p'tits petons
Des gros nichons
En avant, pelotons !

SCÈNE III

Les Mêmes, **Ledru**, Mᵐᵉ Clara Ledru.

(*Il entrent sur la fin du refrain.*)

Ledru, *prenant le milieu de la scène.*

Messieurs, messieurs, moins de bruit, il est minuit passé.

Forgeot, *montant sur le fauteuil de droite.*

Tiens, le patron !

Tous

Oh ! la la, c'tte gueule, c'tte binette
Oh ! la la, c'tte gueule qu'il a !

Ledru

Vous allez me faire flanquer une contravention. (*Pendant ce temps Clara a retiré son chapeau et sa confection que François qui les suivait à emportés*).

Clara, *allant à Jacquinot.*

Oui, mettez une sourdine. Tiens, monsieur Jacqueminot, je ne vous avais pas vu.

Jacquinot, *avec affectation.*

Bonsoir, chère madame, avez-vous passé une bonne soirée ?

Clara

Charmante ! Une pièce honnête... j'adore ça ! (*Clara et Jacquinot, descendent à l'extrême avant scène et continuent à causer*).

Ledru, *à part.*

Le mari ! quelle tuile ! Comment faire pour empêcher Adèle de venir ici ? (*Il remonte vers la caisse*).

Jacquinot, *bas à Clara.*

Ma femme me croit toujours à Reims, j'ai encore deux nuits de liberté.

Clara, *bas*

Tant mieux, mon chéri.

Jacquinot

Mais ton mari ?

Clara

Bah ! je trouverai bien le moyen de le semer.

Jacquinot

Tu es un ange !

Pivoine, *à Baluche descendant à l'extrême avant-scène*

Ça ne vas donc pas mon bichon ; allons, viens te reposer.

Baluche

J'ai mal au cœur, je suis malade.

(*Chanté*)

Sapristi que je suis malade
C'est l'cigare et les liqueurs
Je sens la d'dans un' marmelade
Et ça me fait mal.
Oh ! qu'ça me fait donc mal
Oh ! qu'ça me fait donc mal
Au cœur

(*A il se sauve 1ᵉʳ plan gauche suivi de Pivoine Tout le monde rit.*)

Nana

Le pauvre garçon ça ne lui réussit pas de venir à la Brasserie.

Frivolard

Il n'a pas l'habitude ! la première fois ça grise toujours un peu.

Jacquinot, *bas à Clara*

Je vais payer à souper, tu viendras avec nous dis ?

Clara, *bas*

J'essaierai, mais Ledru ne voudra pas.

Jacquinot, *haut*

Mesdames, si vous voulez me permettre de vous offrir à souper, la chouchroute traditionnelle.

Toutes

Accepté ! Accepté !

Ledru, *à part*

Et Adèle qui va venir.

Carmencita

On va brifeter ici ?

Ledru, *vivement qui est descendu au nᵒ 1 extrême avant-scène*

Non, passez dans la salle à manger.

Nana, Gribouillou *et les autres femmes*

Venez-vous avec nous, patronne ?

Clara

Volontiers... j'ai une faim, la musique ça me creuse.

Ledru, *à sa femme*

Reste ici... je ne veux pas que tu ailles souper... (*A part.*) Il faut payer de toupet.

Jacquinot

Eh bien, allons souper sans lui ; vous venez Madame Clara ?

Clara, *regardant fixement son mari*

J'irai vous rejoindre tout à l'heure.

Ledru, *à part*

Nous verrons ça !

Frivolard

Alors la main aux dames.

Gribouillou

Les ceusses qu'en ont.

Ledru, 1 ; Clara 2 ; Jac.. 3 ; Nana, 4 ; Friv., 5 ; Reb., 6 ; Farg., 7 ; Am., 8.

ENSEMBLE

(Reprise de Oh ! mon colon !

*Tout le monde entre dans la salle à manger
en dansant deux par deux et en arrondissant de
droite à gauche.*

SCÈNE IV

Clara, **Ledru** *puis* **Frivolard** *et* **Gribouillou**,
puis **François**.

*(Les deux époux se regardent d'abord sans rien
dire et en marchant chacun d'un côté.)*

2 **Clara**, *très vite, c'est en vain que Ledru veut l'inter-
rompre*

Alors, tu crois que cette vie là va continuer,
c'est moi qui t'ai donné les fonds pour acheter la
brasserie, je reste à ma caisse toute la journée,
je travaille et tu ne fais rien.

Ledru, (1)

Pardon, je trinque ave les clients ! faut mêm
que j'aie un bon estomac !

Clara

Moi aussi je sais être aimable avec les clients !
Mais avec ceux qui me plaisent seulement ! tu
voudrais que... tu voudrais... eh bien ! non, mon
petit Ledru, ça ne va plus... elle passe au 1, (*Fri-
vollard et Gribouillou paraissent et écoutent.)* Si
ça ne te plait pas, le divorce n'est pas fait pour
les chiens.

Ledru, *exaspéré*

Le divorce ! jamais, il faudrait que je te rende
la galette.

Clara (1)

Ledru tu me dégoutes,

Ledru, *la giflant*

Ah ! c'est trop fort !

Gribouillou, *descendant*

Holà ! patron ! holà !

Frivolard, *même jeu*

Gifler une femme ! Vous, un homme du demi-
monde !
Cl., 1 ; Friv., 2 ; Grib., 3 ; Led., 4.

Clara

Ah ! le mufle ! mais je le tiens, mon divorce,
article 231, mon vieux, t'es fichu, faudra que tu
rendes le pognon. Votre bras, Messieurs et allons
souper. *(Ils remontent. Ledru veut s'élancer,
mais Gribouillou le fait pirouetter.)*

Gribouillou

Place aux dames, m'sieu Ledru.
(Ils sortent droite, 3ᵉ plan gauche.)

Ledru, *seul.*

Ah ! la rose ! Une femme à qui j'ai fait l'honneur de l'épouser ! Tout ça c'est la faute à ce
bellâtre de Jacquinot, ce cantinier vieux mar-
cheur ; heureusement que je vais me venger, ici
même avec sa femme ! Ah ! tu fais la cour à ma
légitime, eh bien, moi, je ferai mieux que çà.
Prenons des forces. *(Il boit 2 à 3 verres coup
sur coup. Il regarde sa montre.)* Deux heures
moins dix. C'est étonnant qu'elle ne soit pas là,
je lui avais dit à une heure, elle aura eu peur au
dernier moment. Si j'allais la retrouver à la cantine ? Oui, ce serait amusant, mais comment faire
pour entrer à la caserne. C'est l'adjudant Oculi
qui est de semaine et il m'a dans le nez à cause
de ma femme. *(François sort de la porte 1ᵉʳ plan
de gauche portant un uniforme complet.)*

Ledru, *l'apercevant.*

Qu'est-ce que c'est que ça ?

François

C'est l'uniforme d'un client que Mlle Pivoine
m'a donné à nettoyer.

Ledru

C'est bon, laisse ça là.

François

Mais monsieur.

Ledru

Pose ça là et fiche le camp !

François

Bien, monsieur *(Il sort par le 3ᵉ plan gauche.)*

Ledru

Je tiens mon moyen. *(Rapidement, pendant le
monologue suivant, il se deshabille puis se rha-
bille avec les effets de Baluche)* Je vais filer par
la porte secrète, celle qui donne sur les remparts.
Dans dix minutes je suis au quartier. *(Il fouille*

dans la tunique.) Voici la permission de cet idiot de fantassin ! C'est la belle Adèle qui sera un peu épatée. *(Il va à la porte 1ᵉʳ plan droite.)*

François, *revient et sans reconnaître son patron.*

Dites donc, militaire, où allez vous par là ?

Ledru, *se retournant et revenant.*

Tais-toi donc, imbécile.

François

Ah ! mince ! le patron en soldat !

Ledru

Oui, je vais faire mes treize jours.

François

A cette heure ici ?

Ledru

Oui, ce sont des treize jours de nuit. *(Allant à la petite porte.)* Porte mes effets dans ma chambre.

François

Oui, patron.

Ledru, *revenant.*

Ah ! si on sonne, n'ouvre pas, ou je te flanque à la porte. Tu as compris ? *(Il sort 1ᵉʳ plan droite.)*

François

Oui, patron. Voilà une maison où je ne moisirai pas. *(On sonne)* Oh ! tu peux sonner, du diable si je vais ouvrir. *(Il ramasse les effets de Ledru et sort 2ᵉ plan gauche.)*

SCENE V

Nana, *puis* **Adèle Jacquinot.**

(La scène reste vide un instant pendant que la sonnerie continue. Nana sort de la salle à manger, 2ᵉ plan gauche.)

Nana

Eh bien, François, on sonne... Où diable est il parti ce petit drôle ? *(On sonne)* Voilà ! Voilà ! *(Elle sort 3ᵉ plan droite.)*

Adèle, *entrant en coup de vent costumée en hollandaise.*

Enfin, je suis dans la place advienne que pourra.

Nana, 1.

Ah ! c'est vous la hollandaise, on vous attendait hier ? Les patrons ne comptaient plus sur vous. Tiens, mais où est donc monsieur Ledru ? Vous arrivez bien on est en train de souper.

Adèle, *accent hollandais, 2.*

Alors, ça me va tout à fait. J'aime bien la choucroute avec beaucoup de saucisses autour et beaucoup de jambon autour des saucisses et beaucoup de pommes de terre autour du jambon.

Nana, *la dévisageant.*

Ah ! c'est épatant, cette ressemblance !... Je ne deviens pas loufoque... mais non, je ne me trompe pas, vous êtes la cantinière du 206ᵉ.

Adèle

Asteblif !

Nana

Y a pas d'asteblif ! Faites pas de chiqué. Je vous reconnais bien. Allons, faut pas avoir peur de moi.

Adèle, *accent naturel.*

Ma foi, vous avez l'air d'une bonne fille, je vais tout vous avouer. Oui, c'est moi madame Jacquinot et si je suis ici c'est pour tâcher de ramener quelqu'un... quelqu'un que je veux arracher à ce lieu de perdition.

Nana

Vous venez chercher votre amant, le beau sergent.

Adèle

Il n'est pas mon amant. Je lui ai toujours résisté.

Nana

Vous avez rudement tort, avec un mari comme le vôtre qui se gêne si peu ! Tenez en ce moment il est en train de souper.

Adèle, *passant au 1.*

Mon mari est ici ? Je le croyais en voyage. Pourvu qu'il ne me voie pas !

Nana, 2.

Bah ! il est bien trop préoccupé de la patronne.

Adèle

Ça ne fait rien, il vaut mieux que je m'en aille.

Nana

Non, pas encore, venez par ici, je vais prévenir le beau sergent.

Adèle, *sortant par le 2e plan droite.*

Ah ! vous êtes bonne fille !..

Nana

Non, mais j'ai les hommes dans le nez, plus il y en a de cocus plus je suis contente.
(*Elle sort derrière Adèle*).

SCENE VI

Pivoine, Baluche.

(*Baluche est en chemise et en caleçon, mais il a un petit peignoir rose que Pivoine lui a prêté. Elle tient Baluche par la main, — il pleure d'une façon comique, ils sortent 1er plan gauche*).

Pivoine, 2.

Pleure pas, bébé, pleure pas, pourquoi que tu pleures ?

Baluche

Parce qu'on me l'a pris, hi ! hi !.. Ah ! qu'est-ce qui vont dire, mes parents, quand ils sauront que j'ai perdu mon uniforme.

Pivoine

C'est pas de ma faute, mon coco.

Baluche

Si c'est votre faute ; si vous n'aviez pas été là, ce ne serait pas arrivé, je l'aurais pas perdu mon uniforme.

Pivoine

Tu le retrouveras, faut pas te faire de bile.

Baluche

Non, je le retrouverai pas. Ah ! ma mère ! que diras-tu quand tu sauras que ton fils unique a perdu son uniforme N° 1.

Pivoine

Mais je t'ai déjà dit que je l'ai donné au chasseur pour le nettoyer. (*Le calmant*) Tu es beau comme ça dans ce peignoir rose. On dirait un ange ! Il ne te manque que des ailes et un carquois (*Elle passe au 1er en le regardant avec admiration.*)

Baluche, 2.

Carquois !.. Dis pas des mots que je comprends pas...

Pivoine

Et ça le comprend-tu, mon trognon ?
(*Elle l'embrasse avec frénésie*).

Baluche

J' comprends que j' le comprends.

DUO

AIR : *La Mascotte.*

Pivoine, 1.

Dans ce costum' clair quand j'te vois
Je sens mon petit cœur qui pilpate.

Baluche, 2.

Moi d' mon côté n'étant pas d' bois
Je m'aperçois que j'ai du poil aux pattes.

Pivoine

T'admirer en deshabillé
Vrai ça m' donn' des frissons en foule

Baluche

Or, si ça t' plaît faut pas t' gêner
Viens dans mes bras... Ah ! viens Poupoule.
(*Pivoine passe au 2 en l'embrassant*).

Pivoine (2)

Donne-moi des bécots

Baluche

Comme les p'tits moigniaux

Pivoine

Quand ils font leur p'tit
Pi-i, pi-i, pi-i.

Baluche

Quand ils font leur pi
Pi-i, pi-i, pi-i.

Baluche

Ah ! comme tu sais bien faire pi... T'es bien gentille, mais je peux pas rigoler avant d'avoir retrouvé mes effets militaires. C'est un cas de conseil. (*Il pleure*) Ah ! ce que je regrette d'être venu à la Brasserie.

Pivoine (2)

Baluche, c'est pas gentil, tu me vesques.

Baluche, *comme un gosse rageur.*

Je veux mes frusques, na !
(*Il va s'asseoir sur un fauteuil Pivoine s'asseoit près de lui, le console et le cajole extrême avant-scène droite.*)

SCENE VII

Les Mêmes, Forgeot, Gribouillou, Frivolard, Jacquinot, Clara *et toutes les* Serveuses, François, *puis* Cuisinier *et quatre hussards.*

(Ils entrent en dansant en monome, ils arrondissent et font le tour de la scène et se séparent brusquement sur l'entrée de Cuisinier.)

CHŒUR

Qu'on chante et qu'on chahute
Il est plus de minuit
Les bons bourgeois
En tapinois
S'endorment sous leurs toits
Aux raseurs disant flûte
Pendant toute la nuit
Faisant du train
Et du potin
Jusqu'à demain matin !

(Cuisinier entre en courant comme un fou et s'arrétant au milieu de la scène. Tout le monde s'arrête brusquement.)

Tous

Qu'est-ce que c'est ?

Cuisinier, *arrivant effaré les cheveux en désordre les vétements déchirés suivi de Nana.*

Asile ! Asile !

Clara

Qui êtes-vous ? Que voulez-vous ?

Cuisinier, *tremblant.*

Je veux aller chercher la sage-femme. Je me suis sauvé de la salle de police. J'ai rencontré une patrouille, ils m'ont poursuivi. *(Bruit au dehors. On frappe. On sonne.)* Tenez, les voilà ! Et ma femme qui m'attend.

(Il se sauve bousculant tout le monde, 2e plan gauche).

Clara, *à François.*

François, allez ouvrir !

François

Moi, jamais de la vie.

Clara

Allez, ou je vous flanque à la porte.

François

J'y vais, madame. Comme ça je suis sûr de mon affaire.

Clara, *à Jacquinot.*

Ah ! ça, où est donc mon mari ?

Jacquinot

Laisse donc ton mari tranquille.

François, *revenant.*

Madame, il y a un brigadier et quatre hommes qui m'a dit : Je suis la patrouille.

Clara

Faites entrer.

Frivolard, *effrayé et cherchant à se cacher.*

Un instant. Il est inutile qu'on nous voie ici à trois heures du matin. Montons au premier nous nous cacherons.

Forgeot, *même jeu.*

Pour sûr, j'ai pas de permission.

Gribouillou

Moi non plus.
(Ils se sauvent tous les trois, 2e plan gauche).

Baluche

Moi, j'en ai une, mais elle est dans ma tunique... Ousqu'elle est ma tunique ?
(Il pleure).

Pivoine, *l'emmenant dans sa chambre.*

Viens la chercher. *(1er plan gauche).*

Baluche

Oh ! ma mère ! ma mère ! *(Ils sortent).*

Jacquinot, *à Clara.*

Je vais me cacher aussi, je devrais être à Reims.

Clara

Va m'attendre dans ma chambre, j'irai te retrouver.

(Il sort également 2e plan gauche. Le brigadier paraît au moment dès que Jaquinot est parti ; c'est un hussard très élégant, les hussards de la patrouille sont également mis avec une certaine fantaisie.)

Le Brigadier, *à Clara.*

Pardon, madame, de vous déranger, mais nous cherchons un soldat qui...

Clara

Comment c'est toi, de Montcavrel, qui viens nous embêter ?

Le Brigadier

Moi, vous embêter ! pour qui me prends-tu ? Nous avons été heureux de profiter de l'occasion pour venir boire un bock en votre compagnie. (*Les femmes les entourent et les emmènent à toutes les tables*) Nous nous fichons pas mal du fantassin qui se carapattait.

(*Les hussards quittent leurs sabres et leurs shakos.*)

Nana, *vivement.*

Nous ne l'avons pas vu.

Le Brigadier

On ne veut pas le savoir. Ce n'est pas une raison parce que les adjudants du 206ᵉ sont rosses avec nous pour nous venger sur les fantabosses.

Clara

Ils sont rosses les adjudants ?

Le Brigadier

Il y en a un surtout le mufle.

Nana

Comment qu'il s'appelle cet oiseau-là ?

François, *entrant vivement, 3ᵉ plan droite.*

L'adjudant Oculi, madame.

Le Brigadier

C'est justement lui... tonnerre !

François

Il m'a dit qu'il faisait fonction d'officier de place.

Le Brigadier

Nous voilà propres ! Cachons-nous là, dans la salle à manger.

Clara

Non pas là, l'adjudant ira sûrement, c'est un habitué.

1ᵉʳ Hussard, *enlevant vivement les housses d'un fauteuil.*

Brigadier, faites comme moi.

(*Chaque hussard et le brigadier enlèvent une housse, s'en enveloppent et s'accroupissent, les femmes reculent les vrais fauteuils et tous les hussards prennent leur place, le brigadier prenant celle du 1ᵉʳ fauteuil de droite.*)

Clara

François, introduisez l'adjudant.

Nana

Et mesdames, de la gaîté, et allons-y de notre refrain habituel. (*Elle va à sa caisse, pendant que les femmes se prenant par la main, font une ronde dont l'adjudant rompt le cercle.*)

SCÈNE VIII

LES MÊMES, Oculi.

Les Femmes, *ensemble.*

Ah ! mon colon, minc' que c'est bon !
Minois fripons
Relevez vos jupons
Donnez-nous des frissons
Des nichons aux petons
En avant, pelotons !
(*Elles entourent l'adjudant en dansant.*)

Oculi

Assez ! suis pas venu pour rigoler. (*Les femmes remontent par petits groupes*) Suis à la recherche d'un imbécile qui s'est évadé de la salle de police. Et je suis forcé de constater dans mon rapport que votre brasserie reste ouverte après minuit, malgré l'arrêté du maire, madame Ledru !

Clara (1)

Comment vous feriez ça, mon petit adjupète ? (*Bas*) Tu ne m'aimes donc plus, Oscar ?

Oculi (2), *bas.*

Le service avant tout et puis tu ne veux pas satisfaire mon béguin.

Clara

Que t'es bête ! Tu ne comprends rien aux femmes.

Oculi

Alors viens souper avec moi.

Clara, *à part.*

Et Jacquinot qui m'attend.

Oculi

Tu refuses, alors, gare au rapport.

Clara

Mais si, que je veux souper avec toi et en tête à tête encore. (*A part*) Je trouverai bien le moyen de le griser pour m'échapper. (*Haut*) Et du champagne, tu sais.

Oculi

Du champagne comme s'il en pleuvait.

Clara, *appelant.*

Nana ! (*A Oculi*) Tu permets ?

(*Pendant que Nana descend pour parler à Clara, Oculi va pour s'asseoir sur le fauteuil qui est à sa gauche, le brigadier qui est dans la housse, se recule, Oculi tombe par terre. Il se relève furieux, regarde d'un air méfiant le fauteuil en disant* : C'est un fauteuil à roulettes.

Nana, *descendant de sa caisse et venant près de Clara.*

Madame !

Clara, *bas à Nana.*

Voyez où est mon mari, puis prévenez Jacquinot de m'attendre dans le petit salon.

Nana

Bien, Madame.

Clara, *à Oculi.*

Tu viens, mon bel adjupète.

Oculi

Voilà ma crotte en or ! (*Ils sortent par le 2ᵉ plan gauche*).

Nana, *allant au 2ᵉ plan droite.*

Et maintenant vite à cette pauvre Madame Jacquinot. (*Ouvrant la porte où est Adèle*) Gudule Vanderpoum.

Adèle, *sortant du 2ᵉ plan droite.*

C'est moi ! bonsoir la compagnie !

Toutes les femmes et les hussards, *qui se sont relevés à la sortie de l'adjudant.*

Tiens ! une nouvelle.

Nana

Oui, c'est la hollandaise qu'on attendait hier.

Adèle *à Nana.*

Et Frivolard ?

Nana

Il est en haut. Venez. (*Elles sortent par le 2ᵘ plan gauche*).

Les femmes

Et maintenant, à la rigolade.

(*Les soldats se mettent à danser avec toutes les femmes un cake-valke rendu plus comique par les housses qui les recouvrent. — Tableau très animé*).

CHANGEMENT A VUE

3ᵉ TABLEAU

La Chambre de la Patronne

La chambre de Clara Ledru. Au fond un grand lit avec de grands rideaux, tombant sur un baldaquin praticable. Une porte à gauche 1ᵉʳ plan. Au 2ᵉ plan fenêtre praticable. Entre la porte et la fenêtre une armoire praticable. Deux portes à droite 1ᵉʳ plan et 2ᵉ plan. Entre les deux portes une cheminée. Poufs, petits meubles élégants.

SCÈNE PREMIÈRE

Cuisinier, *puis* **Jacquinot, Frivolard,** *puis* **Adèle.**

(*Au lever du rideau, Cuisinier couché à plat ventre sur le baldaquin, passe la tête sur le baldaquin des oreillers, nécessaires pour la lutte finale*)

Cuisinier, *sur le baldaquin au public.*

J'en ai eu du mal à grimper sur le baldaquin... Enfin la patrouille ne viendra pas me chercher là-dessus... S'il le faut j'y passerai la nuit !... c'est même pour ça que j'ai pris des oreillers... je n'entends plus rien... c'est le moment de filer pour aller retrouver ma femme... (*Voyant l'armoire bouger*) Ah ! quelqu'un ! (*Il disparaît. Jacquinot caché dans l'armoire de gauche ouvre doucement la porte et passe la tête, il aperçoit la*

1ᵉ porte de droite (celle du cabinet de toilette) s'ouvrir et referme vivement la porte de l'armoire).

Frivolard caché dans le cabinet de toilette de droite passe la tête au moment où Jacquinot ouvre la porte de l'armoire. Frivolard referme la porte de son cabinet. Ce jeu de scène se renouvelle plusieurs fois. Cuisinier qui suit le mouvement des portes du haut de son baldaquin se montre et se cache à son tour).

Frivolard, *passant la tête et apercevant Jacquinot.*

Jacquinot (1)

Le sergent Frivolard ! Ah ! vous m'avez fait une peur ! J'ai entendu la voix de l'adjudant Oculi.

Frivolard (2), *écoutant.*

Il doit être parti maintenant, ce serait le moment de rentrer au quartier.

Jacquinot

Oh ! moi, j'ai le temps, sergent.

Frivolard

Pourvu que je ne me flanque pas dans une patrouille.

Jacquinot, *allant à la fenêtre, l'ouvrant.*

Attendez, cette fenêtre donne sur la rue, je vais jeter un coup d'œil. (*Il se penche dehors.*)

Frivolard

Oui, c'est plus prudent.

Adèle, *entre de gauche, 1ᵉʳ plan.*

Ah ! lui, enfin !

Frivolard

Adèle ! (*Il se précipite sur le bouton électrique et éteint la lumière. Nuit en scène.*)

Jacquinot, *se retournant et redescendant.*

Je ne vois rien. Ah ! vous avez éteint l'électricité. Pourquoi ça ?

Adèle

Mon mari ! (*Elle se cache derrière les rideaux du lit en passant derrière Jacquinot.*)

Frivolard, *embarassé.*

C'était pour qu'il n'y ait plus de lumière.

Jacquinot

C'est juste. On aurait ou me voir du dehors, mais il n'y a personne, vous pouvez partir sans crainte.

Frivolard

Oui, certainement. (*Adèle agite les rideaux*) Mais... voilà, figurez-vous que j'ai le trac de rentrer tout seul à la caserne Venez avec moi, Jacquinot.

Cuisinier, *à part.*

Mais oui, va-t'en donc !

Jacquinot

Ah ! non, par exemple ! Je ne rentrerai qu'après demain matin, ma femme me croit à Reims ; je veux en profiter.

Adèle, *à part.*

Ah ! le sacripant !

Jacquinot, *passe au 4, il rallume l'électricité, jour à la scène.*

J'ai ici bon souper, bon gîte...

Frivolard

Et le reste ?

Jacquinot (4).

Vous l'avez dit Frivolard. Ah ! cette madame Ledru !

Frivolard

Méfiez-vous, si jamais votre femme apprenait...

Jacquinot

Ma femme, y a pas de danger ! Et puis. je m'en fiche de ma femme. Ce qu'il me faut à moi, c'est des femmes qui aient du chic, du montant.

Adèle

Ah ! la canaille.

Cuisinier

Ah ! la canaille.

Frivolard

Mâtin ! Vous êtes difficile, madame Jacquinot est charmante ; j'en ferais bien mon ordinaire.

Jacquinot

Oui, mais c'est ma femme ! Tandis que Clara... Ah ! Clara.

SCÈNE II

Les Mêmes, **Nana**, *1ᵉʳ plan gauche.*

Nana, *entrant se plaçant au 2.*

Ah! vous êtes là, M. Jacquinot, je vous cherchais. La patronne a été forcée d'accepter à souper avec l'adjudant Oculi, elle vous prie de l'attendre. Je vais vous conduire. Dites-donc, vous
n'avez pas vu le patron par hasard, je ne peux
pas mettre la main dessus.

Jacquinot

Je m'en fiche pas mal du patron. Au revoir,
sergent, vous pouver partir sans crainte. Ah!..
ma Clara, ma Clara! (*Il sort par la porte, 1ᵉʳ
plan droite.*)

Nana, *à Frivolard.*

Vous avez vu votre béguin?

Adèle, *se montrant et redescend au (1).*

Oui, je suis là, merci!

Nana (2).

Alors, tout va bien. La patronne en a pour une
heure au moins. Vous avez le temps de... cause.
(*Elle sort vivement par la porte, 1ᵉʳ plan droite.*)

Frivolard (2).

Ah! mon Adèle? Comment es-tu ici et sous
ce costume!

Adèle (1).

Ce serait trop long à te raconter. Je suis près
de toi, c'est le principal. Tu m'aimes, je t'aimes,
aimons-nous.

Frivolard

Enfin, tu veux donc?

Adèle

Si je veux! ah! mon chéri, mais je ne demande
que ça... J'hésitais à cause de mon mari... Mais
maintenant que je sais quel polichinelle il est!

Frivolard

Oui, tu as entendu.

Adèle

Si j'ai entendu... (*elle arpente la scène agitée,
nerveuse, frémissante*). Ah! ah! ah! ah! tu te
fiiches de ta femme... (*elle brandit le poing du
côté où est sorti son mari*). Ah! il te faut des

Clara, des femmes qui sentent bon! Ah! je vais
t'eu flanquer moi! Mon Achille, je suis à toi, aujourd'hui encore, je l'ai refusé le baiser de l'adul-
tère, j'avais les pieds nickelés! Eh bien, maintenant, je marche, je marche (*Elle fait une fois
ou deux le tour de la scène*).

Frivolard, *qui la suit.*

Où allons-nous?

Adèle

Où tu voudras. (*Ils marchent*).

Cuisinier, *à part.*

C'est ça, fichez le camp!

Frivolard, *la prenant dans ses bras et s'asseyant
sur le bord gauche du lit.*

Où je veux! mais à nous les voluptés folles!

Cuisinier, *à part.*

Eh! les amoureux... je suis là!

Adèle, *embrassant à Frivolard·*

Je t'aime, Achille, je t'aime, comprends-tu ce
mot. (*montrant le poing à la porte*). Ah! tu te
fiches de ta femme! Ah! tu prends une Clara,
Achille, ce n'est pas demain que je veux me
venger, c'est maintenant, c'est tout de suite.

Frivolard

Adèle! Adèle! Je suis électrisé. Oui venge-toi
tout de suite. L'amour dans mon cœur chante
son cocorico.

Adèle

C'est ça. Je serai la poule

Frivolard

Je serai ton coq.

Duetto : Du Coq et de la Poule.

Frivolard. 2.

C'est rigolo c' qu'on dit des mots
En jasant dans le tête à tête
On se donne des noms d'animaux
C'est à croir' que l'amour rend bête!

Adèle. 2.

Mais non tout ça c'est très gentil
Tous les mots sont beaux quand l'on s'aime.
Dans la nature oui c'est ainsi
Tous les amoureux font de même
T'es mon p'tit coq, je suis ta poule
Cotte, cotte, cotte, cotcodec.

Frivolard.

Un coup de bec à ma p'tite poule
Cotte, cotte, cotte, cocorico.
(*Il passe au 1 en faisant des effets de coq.*)

Adèle

T'es mon p'tit coq.

Frivolard

T'es ma p'tite poule.

Adèle

Un coq ardent.

Frivolard

Oui une petite poule
Cotte, cotte, cotte, cotte, cocorico.

Ensemble.

(*Elle*).   Toi t'es mon coq, je suis ta poule.
(*Lui*).   Je suis ton coq, toi t'es ma poule.

Frivolard, *parlé, l'entrainant du côté droit du lit.*

Et maintenant, viens poupoule !

Cuisinier, *haut.*

Ah ! non ! Y a du monde ! Y a du monde !

Adèle, *s'échappant des bras de Frivolard,*

Qu'est-ce qui a dit ça ?

Frivolard

Ce n'est rien, viens, ma chérie.

Adèle

Il y a quelqu'un de caché. Rentrons chez moi.

Frivolard, *essayant de la ramener au lit.*

Voyons, Adèle...

Adèle

Non, non, pas ici, j'ai eu trop peur. Viens chez moi.

Frivolard

Oui rentrons à la cantine. (*Ils sortent 1ᵉʳ plan droit*).

SCÈNE III

Cuisinier, Clara, Oculi.

Cuisinier

Ils sont partis ! C'est pas malheureux ! Si je pouvais faire comme eux. (*Il essaie de descendre*)

J'ai bien pu monter, mais pour descendre c'est moins commode. Dire que je suis peut-être père de famille Ah ! ça y est ! Je vais donc pouvoir retrouver ma femme. (*Oculi assez gris entre tenant Clara.*) Nom de nom ! quelqu'un !
(*Il remonte sur le baldaquin*)

Oculi, *entrant 1ᵉʳ plan gauche.*

Voyons, ma crotte en or, c'est pas sérieux. Pourquoi ne veux-tu pas m'aimer.

Cuisinier, *à part.*

C'est l'adjudant !

Clara, 2

Ce sera pour demain...

Oculi

Je ne peux attendre. Clara, tu me dis toujours demain... Si tu savais comme je t'aime ! Oh ! Je t'aime-t'y ! je t'aime-t'y !

Cuisinier. *à part.*

C'est gondolant !

Clara, *voyant l'adjudant se déshabiller tranquillement près du lit.*

Dis donc, Oscar, tu n'y penses pas. Tu vas te coucher.

Cuisinier, *à part.*

Tu feras pas ça, ici ?

Oculi

Je ne pense qu'à ça !

Clara

Oh ! puis zut ! au petit bonheur ! il est pompette et ne tardera pas à s'endormir. (*Elle se dirige vers la porte de droite.*)

Oculi

Comment, tu t'en vas, ma crotte en or.

Clara

Je reviens dans cinq minutes, mon Oscar, couche-toi en m'attendant. (*A part*) Je vais retrouver Jacquinot. (*Elle sort 1ᵉʳ plan droite.*)

Oculi, *seul, croyant parler à Clara et continuant à se déshabiller à gauche du lit.*

Sois pas trop longtemps, mon ange. Tu sais, je te ferai un bon rapport.

Cuisinier, *à part.*

Cause toujours, tu m'intéresses.

Oculi

Coquin de champagne !.. J'ai les yeux qui papillottent, cette lumière me gêne. (*Il passe devant le lit et éteint la lampe, nuit en scène, puis revient au lit et se couche à droite*).

Cuisinier, *à part.*

Ça y est, y se met au pieu !

Oculi, *couché.*

Je vais me mettre dans le fond pour lui laisser de la place. (*Il s'endort*) Clara, ma petite Clara.

Cuisinier, *après un temps.*

Il roupille, si je pouvais me trotter. (*Il cherche à descendre à ce moment la porte s'ouvre.*) Allons, bon, encore quelqu'un. (*Il remonte*).

SCÈNE IV

Cuisinier, Oculi, Baluche, *puis* Ledru.

(*Baluche paraît en caleçon en bras de chemise, une bougie à la main, il cherche ses effets demi-jour en scène.*)

Baluche, *sortant 1er plan gauche.*

Voyons dans cette chambre, p'têtre ben que j' vas r'trouver mon uniforme ?.. Où qu'il peut bien être ? Ah ! dans dans cette armoire. Non, y a qu' des uniformes pour femmes. (*En fermant la porte de l'armoire il éteint sa bougie, nuit en scène*) Oh ! mais r'gardez-moi ça ma lumière qui s'a éteindue et mes allumettes qu'alles sont dans mon pantalon, où qu'il est mon pantalon... C'est bien fait, si j'avais pas venu ici ça m'aurait pas arrivé, c'est ma faute, je peux faire mon masquina culpa... Tiens, un plumard si je me pagnotais en attendant qu'il fasse jour ! après tout qu'est-ce que je risque ?

Cuisinier, *à part.*

Comment lui aussi ?..

Baluche

J'vas r'tirer mes babouches. Pivoine, elle appelle ça des babouches. Oh ! il est moelleux l'plumard. (*Il se couche au milieu, à côté d'Oculi.*)

Je me plume dans les plumes
Je me plume dans l'plumard

Oh ! j'vas bien roupiller.

Bonsoir m'sieurs dames !..

Cuisinier

Je ne veux pas rester plus longtemps ici. Il va sûrement y avoir un drame. (*Il cherche à descendre. Il entend tourner une porte*) Encore qu'el-qu'un !

Ledru, *entrant doucement, 2e plan gauche.*

Chou blanc ! C'est à n'y rien comprendre. La belle cantinière n'était pas chez elle, c'est raté. Serait-elle veuve ici pendant que j'allais à la caserne ? Dans ce cas. (*Il écoute à la porte de gauche, 1er plan*) Il est trop tard pour m'en assurer. Tout le monde dort, et ça donnerait l'éveil à ma femme. Qu'est-ce que je vais bien lui dire à ma femme pour expliquer mon absence ? (*on entend soupirer Baluche.*) Tiens, elle est couchée, tant mieux ! Je vais me déshabiller sans lumière. pour ne pas la réveiller. (*Il a commencé à se déshabiller à gauche du lit.*) Et les effets du jeune soldat ? Bah ! il les retrouvera demain matin. (*Au moment de se mettre au lit. Il tâte le dos de Baluche.*) Sapristi de sapristi ! il a beau faire nuit noire, la lune est levée. (*Il se met au lit à gauche à côté de Baluche.*) Ce sera pour une autre fois, je tombe de sommeil. (*Il bâille et s'endort.*)

Cuisinier

Cette fois, je me trotte. (*Entendant du bruit.*) Ah ! zut ! (*Il se recache.*)

Led., 1 ; Bal., 2 ; Oc., 3.

SCÈNE V

Les Mêmes, Forgeot *et* Gribouillou.

(*Les deux soldats entrent sur la pointe des pieds, premier plan gauche.*)

1, Forgeot, *bas*

Passons dans cette chambre.

2, Gribouillou

Oui, on verra si Baluche n'y est pas.

Forgeot

Nana nous a dit que le sergent était parti, on ne peut laisser Baluche ici.

Gribouillou

Je le croyais avec Pivoine mais elle roupillait toute seule.

Forgeot, *passe devant le lit et le contourne du côté d'Oculi*

Dis donc, si t'allumais une allumette.

Gribouillou

C'est une bonne idée, mais j'en ai pas.

Forgeot

Cristi ! Il fait noir comme dans le corsage d'une négresse. Où est-il passé ce sacré Baluche.

Gribouillou

Baluche, est-ce que t'es là ?

Forgeot

Si t'es pas là, dis-le. (*Ils sont remontés vers le lit.*)

Grib., 1 ; Led., 2 : Bal., 3 ; Oc., 4 ; Forg., 5.

Gribouillou

Tiens, voilà le lit. Y a quelqu'un. (*Il tâte Ledru.*)

Forgeot, *tâtant Oculi*

Ouï, y a quelqu'un.

Ensemble

C'est-y toi, Baluche ?

Baluche, *se dressant*

Me voilà.

(*Musique de scène jusqu'au baisser du rideau.*)

Oculi, *se réveillant*

Au voleur !

Cuisinier, *en haut hurlant*

A l'assassin ! Au secours !

Tous, *à la fois*

Au voleur ! A l'assassin !

(*Dans la nuit ils se livrent à une bataille homérique avec les oreillers, les draps, les couvertures. Baluche tombe par terre.*)

SCÈNE VI

Les Mêmes, le **Brigadier, les 4 hussards, Nana** *et le brigadier un falot à la main, suivi de ses hommes, traverse devant le lit, et reçoivent tous des coups de traversin. Deux restent du côté de Gribouillou qui se bat avec Ledru. Nana entre au bruit une lampe à la main, grand jour en scène. Au moment où la lumière se fait, le baldaquin se crève et Cuisinier fait du trapèze après les rideaux.*

Oculi, *sautant sur Cuisinier*

Le réserviste, le réserviste ! Arrêtez-moi cet homme-là

Baluche

Ous qu'est mes frusques ?

(*La patrouille arrête tout le monde.*)

Cuisinier

Et ma femme qui m'attend !

RIDEAU

ACTE DEUXIÈME

4ᵉ TABLEAU

A LA BOITE

La scène représente la salle de police. A gauche, porte avec l'énorme et traditionnel verrou. Le lit de camp en bois tient une partie du fond, se termine à droite le long du mur. A droite, une fenêtre un peu haute munie de barreaux, cette fenêtre est praticable et est ouverte pendant toute la durée du tableau.

SCÈNE PREMIÈRE

Baluche, Forgeot, Gribouillou, Cuisinier, Ledru.

(Petit jour en scène au lever du rideau. Tous les hommes sont étendus sur le lit de camp, enveloppés dans des couvertures brunes. Musique de scène. Le jour vient lentement, c'est l'aube. Gribouillou qui dès le lever du rideau manifestait en donnant des signes d'impatience, se réveille, attrape des punaises qu'il pose délicatement sur son voisin.)

Gribouillou, 2.

Moi, j'ai une bonne nature je ne ferais pas de mal à une punaise ..

(Cuisinier qui se trouve à côté de lui se tourne et se retourne.)

Gribouillou, *le poussant.*

Eh ben, t'as pas fini de gigoter... eh !.. l'andouille ! *(Cuisinier dégringole et se trouve à l'avant-scène assis par terre).*

Cuisinier, *assis par terre.*

Qu'est-ce qui m'arrive encore ?

Gribouillou, *secouant Forgeot.*

Hé ! ah ! les copains ! on ne roupille pas les uns sans les autres...

Forgeot, *se réveillant.*

Ah ! mes jambes !... Ah ! mes cuisses !... Ah ! mes reins... c'est rembourré avec des noyaux de pêche... *(Il se lève.)*

Baluche

Pour sûr, j'ai un torticolis dans le bas du dos. *(Il se lève également. Il est toujours en caleçon, mais il a passé la tête dans un tron de la couverture ménagé à cet effet, et il se promène comiquement avec cette chasuble d'un nouveau genre)*

Gribouillou, *passant au 1.*

Mille milliards de coquin de bonsoir... c'est-y de la guigne que de coucher à la boîte la veille des manœuvres,..

Forgot

C'est égal .. on a rudement rigolé... Ah ! la, la, quelle vadrouille !

Baluche, *passant au 2.*

Pour sûr... mais je voudrais bien avoir mes frusques réglementaires... j'ai pu rentrer au quartier c'te nuit enveloppé dans une capote... mais en plein jour... je ne peux pas rester dans cette tenue indécente et romanesque...

Gribouillou, *passant.*

Attends, mon bleu... j'ai une idée... Amène ta bidoche, Forgeot...

Baluche

Quoi qu' tu vas faire ?

Gribouillou

Tu vas voir si ça sait se débrouiller les hommes de la classe.

(Forgeot monte sur le lit de camp. Gribouillou grimpe sur ses épaules et arrive ainsi à la fenêtre.)

Gribouillou

J'ai deviné juste... Y a des fringues qui sèchent près du lavabo... *(Il appelle)* Psit ! Psit !... Dis donc, mon poteau, passe-moi mon culbutant...

oui... c't'y là... Comment si c'est à moi. fourneau ! puisque j' te l' dis *(On lui passe un pantalon de soldat Ce pantalon doit être d'un rouge foncé pour donner au public l'illusion d'un pantalon mouillé)* Tiens, mon Baluche. enfile le grimpant....

Baluche, *prenant le pantalon.*

Ça c'est bath... mais bon sang de bois, il est encore tout mouillé... *(Il le met difficilement.)* J' vas sûrement m'enrhumer les cuisses.

Gribouillou

Marche toujours *(A l'homme qui lui a passé le pantalon.)* Hé !.. maintenant envoie-moi ma veste. *(Il passe la veste à Baluche qui a fini de mettre le pantalon pendant le mouvement.)*

Baluche

Mais, bon sang... elle est encore plus mouillée que le pantalon.

(Forgeot et Gribouillou descendent du lit de camp et aident Baluche à mettre sa veste.)

Gribouillou

Qué qu' ça fait !.. ça séchera bien sur un fourneau !

Baluche, *marchant les bras et les jambes écartés.*

Bon Dieu de bon Dieu... que ça me colle !

Gribouillou

Les vêtements collants c'est d'ordonnance.

Forgeot (3).

Il ne te manque plus qu'un képi...

Cuisinier, *qui est retourné s'asseoir sur le lit de camp, ramassant un képi près de Ledru qui continue à dormir* (4).

En v'là un képi !..

Baluche, *regardant le matricule* (2).

Mais c'est le mien de képi... qui qui l'a ramené ici...

Gribouillou (1).

J'y suis... C'est Ledru... Je l'avais oublié. Il est là dans le coin... *(Il montre Ledru endormi)*

Forgeot (4), *passant au 4.*

Hé M'sieu Ledru !... M'sieu Ledru !...

Ledru, *se réveillant, regardant ahuri.*

Boum ! Voilà ! Voilà ! Ah ! que c'est bête !... Je me croyais à la Brasserie !...

Baluche (2).

Et vous êtes à la boîte...

Ledru (5).

Je me souviens.. nous avons tous été coffrés hier par la patrouille et je n'ai pas pu me faire reconnaître... à cause de mon uniforme...

Baluche *passant au 4.*

Dites donc.. c'est le mien... faudra me le rendre.

Ledru (5).

Soyez tranquille!.. C'est tout de même la première fois que l'on voit un civil à la salle de police...

Cuisinier (2).

Il n'y en a pas qu'un de civil... Il y en a même deux... vu que moi non plus, je ne suis pas soldat...

Gribouillou (1).

Quoi qu' tu nous chantes ? Eh ! le Cuisinis-mince... t'es ni soldat, ni militaire! Alors quoi-qu' t'es?..

Forgeot (3).

T'es t'y réserviste ?

Ledru (5).

Ou bien territorial ?

Cuisinier

Je ne suis rien de tout cela... C'est toute une histoire... Figurez-vous que j'allais chez la sage-femme pour mon épouse qui l'attendait d'impatience... en route, j'ai rencontré mon ami Tourtopain qui m'a dit... *(Bruit de verrous tirés à la porte.)*

Forgeot

Acré... l'adjudant !

Ledru. se faisant vivement une mentonnière avec son mouchoir et se cachant entre Forget 3 et Baluche 5.

Pourvu qu'il me reconnaisse pas.

SCÈNE II

LES MÊMES, Oculi, Le Caporal de garde.

(Le Caporal de garde a ouvert la porte et l'adjudant entre dans la salle de police. Les hommes se tiennent debout, les talons joints, les mains dans le rang, sauf Cuisinier qui interloqué est resté assis.)

Oculi, *à Cuisinier.*

Eh bien, vous l' Cuisinier, qu'est-ce que vous attendez pour rectifier la position. .

Cuisinier, *se levant.*

En fait de position, c'est surtout celle de ma femme qui m'inquiète...

Oculi

Fichez-moi la paix avec votre femme. Vous n'allez pas me raconter ça pendant 28 jours. Caporal, menez-moi tous ces lascars-là à la corvée de quartier.

(Il sort.)

Le Caporal, *sortant le premier.*

Venez chercher des brouettes...

(Baluche, Ledru, Cuisinier suivent le Caporal.)

Baluche, *marchand difficilement.*

Cristi ! que ça me colle !

SCENE III

Forgeot, Gribouillou, Oculi.

Oculi, *sortant.*

Allons, Gribouillou, secouez vos puces.

Gribouillou

Mon adjudant, c'est pas des puces, c'est des punaises. *(A Forgeot)* Dis donc, Forgeot, si on coupait à la corvée de quartier?

Forgeot

Y a pas plan...

Gribouillou (1).

Mais si.. y a plan... que j' te dis... Fais comme moi et y a du bon.., *(Il se couche sur le lit de camp.)*

Forgeot (2),

Je marche dans la combinaison ! *(Il se couche également.)*

Forgeot

C'est compris... faut pas flancher.

Gribouillou

As pas peur, mon poteau...

Oculi, *revenant.*

Eh bien Forget, Gribouillou, et cette corvée de quartier?

(Tranquillement, les deux hommes sont couchés sur le lit de camp.)

Oculi (1), *surpris.*

Vous êtes sourds? La corvée de quartier ?..

Forgeot (3), *couché et se levant à moitié et se recouchant après avoir parlé.*

Des corvées de quartier à la veille de partir aux manœuvres... Peste ! mon cher !..

Gribouillou (2), *couché, même jeu.*

Balayer la cour... le jour ousqu'on s'en va... Eh ben...

Forgeot

Et puis par des hommes de la classe...

Gribouillou

Mais le Ministre de la Guerre s'y opposerait formellement.

Oculi, *outré.*

Qu'est-ce que vous dites?

Forgeot, *se redressant.*

On fait grève.

(Il se recouche).

Oculi, est tellement ahuri que les sons ne peuvent plus sortir de sa gorge contractée par la colère et passant au n° 3.

Faites attention à ce que vous faites !.. Refus d'obéissance... C'est grave !

Gribouillou (1)

Ah ! chéri, penses tu que ça réussisse !

Oculi (3)

Voyons, Forgeot, vous êtes un homme raisonnable... réfléchissez... dix ans de travaux publics.. Biribi ..

Forgeot (2)

Biribi !... Pas plus loin... Faut pas te frapper... Biribi... en Algérie...

Gribouillou

Traverser la Méditerranée ? ça nous foutrait le mal de mer.

Oculi

Pour la dernière fois... Forgeot et Gribouillou soldats de 1re classe... je vous intime l'ordre d'aller... à la corvée de quartier...

Forgeot

Jamais le matin !...

Oculi

Alors, vous refusez...

Gribouillou

Oui, bébé...

Oculi

C'est trop fort ! (*Furieux, il traverse la scène vivement, va à la porte et appelle le caporal qui surveille les hommes de la corvée de quartier*) Caporal ! (*Le caporal entre*) Vous allez constater le refus d'obéissance de ces deux gaillards-là.

Le Caporal (1)

Oui, mon adjudant !..

Oculi (2), *aux soldats, très sévèrement.*

Forgeot ! Gribouillou !.. Vous refusez d'aller à la corvée.

Les 2 soldats, *se levant avec empressement.*

Voilà mon adjudant !.. avec plaisir...
(*Ils sortent vivement en marchant bien au pas*)

Le Caporal (1), *se tordant.*

Eh bien, mon adjudant ! J'ai rien pu constater du tout...

Oculi (2), *furieux.*

Qu'est-ce qui vous demande votre avis... à vous ? Je vous colle quatre jours, caporal, pour vous apprendre à vous mêler de ce qui ne vous regarde pas...

Le Caporal

Mais, mon adjudant, pour quel motif ?..

Oculi

Le motif ? Le motif ?.. je... je... (*Il passe la main sous la tunique du caporal*) Pas de bretelles, mon gaillard... Ah ! vous prenez la garde sans mettre de bretelles !.. Eh bien, le voilà le motif !..

Le Caporal, *en s'en allant.*

Sacré fourbi... de mes cartouchières !... C'est toujours celui qui n'a rien fait qui trinque.
(*Il sort*).

Oculi, *il examine le lit de camp.*

Ah ! les rosses ! les rosses ! Mais je les repincerai au demi-cercle !.. Si je pouvais seulement dégoter une cachette de tabac...

SCÈNE IV

Oculi, *puis* **Cuisinier**

Oculi (2), *cherchant toujours.*

Je ne trouve rien... mais je les retrouverai...

Cuisinier (1), *entrant son balai à la main.*

Mon adjudant !..

Oculi

Quoi ?

Cuisinier

C'est l'heure du rapport !.. Je voudrais aller causer au Colonel...

Oculi

Vous vous fichez du monde... Causer au colonel... après ce que vous lui avez fait, le pot au feu dans la lessiveuse.

Cuisinier

C'est pas de ma faute, je ne suis pas cuisinier de profession. .

Oculi

Alors, c'est une erreur sur votre livret ..

Cuisinier

C'est pas mon livret, c'est celui de Tourtopain.

Oculi

S'agit pas de Tourtopain, s'agit de vous, quelle est votre profession ?

Cuisinier

Peintre en bâtiments.

Oculi

Ah ! vous êtes peintre en bâtiments, cela fait bien mon affaire... (*Allant à la porte et appelant le caporal*) Caporal ! (1) (*Le caporal paraît sur le seuil de la porte*) Conduisez cet homme à l'atelier des sapeurs... On lui donnera tout ce qu'il faut pour repeindre ma chambre.

Cuisinier (3)

Mais, mon adjudant, je ne veux pas aller repeindre votre chambre... je veux aller retrouver ma femme qui m'attend...

Oculi (2)

Vous, si vous continuez, je vous fais conduire en prison... de pied ferme.

Cuisinier, *effrayé.*

En prison !

Oculi, *passant au 3.*

Et le colonel vous flanquera de la cellule, il vous a à l'œil, le colonel... à cause de la lessiveuse...

Cuisinier, *avec une terreur comique.*

En cellule !

Oculi

Allez repeindre ma chambre, et si ce n'est pas fait avant la soupe du soir, je vous colle un sale motif... Avez-vous compris, l'abruti ?..

Cuisinier, *abruti.*

Oui, oui, oui...

Le Caporal

Allons, amenez-vous.
(*Il sort.*)

Cuisinier, *s'en allant.*

Tout ça, c'est de la faute à Tourtopain... et ma femme qui m'attend !..
(*Il sort.*)

SCÈNE V

Oculi, Frivolard. *puis* **Ledru, Forgeot, Gribouillon, Baluche.**

Oculi, *criant.*

Faites-moi une bonne teinte... jaune en haut... et marron clair en bas...

Cuisinier

Ça sera joli !

Frivolard, *entrant, jugulaire au menton.*

Mon adjudant, je vous cherchais !.. Le colonel vient d'envoyer un pli urgent pour vous.
(*Pendant que l'adjudant lit la lettre, les hommes de la corvée rentrent dans la salle de police. Fr. 1, Ad. 2, Bal. 3, Gr. 4, Forg. 5, Led. 6.*)

Frivolard, *bas à Baluche.*

Bonjour, mon pauvre Baluche...
(*Il lui serre la main.*)

Oculi, *qui a lu la lettre.*

Ah ! ben, celle-là est raide... Ecoutez ça, Frivolard ! (*Il lit*) « L'adjudant Oculi, faisant fonctions d'officier de place la nuit dernière, sera consigné un mois à la chambre, pour n'avoir pas signalé au colonel les scandales... de la Brasserie Cosmopolite.

Frivolard

Mes condoléances, mon adjudant !

Oculi, *passant devant les hommes, prend le n° 6.*

C'est de la faute à ce pignouf de patron...
(*Fr. 1, Bal. 2, Gr. 3, For. 4, Led. 5. Adj. 6.*)

Ledru, *détachant son mouchoir.*

Ah ! permettez ! .

Oculi

Qu'est-ce qu'il a celui-là !.. Ah ! mais c'est Ledru... Qu'est-ce que vous fichez-là... à la caserne ?

Ledru

On m'a coffré par erreur !

Oculi

C'est rigolo !.. Ledru à la boîte .. Ah ! vous me faites coller 3o jours de consigne... Eh bien... je vais vous garder un mois ici.

Ledru

Ah ! vous plaisantez !.. Mon adjudant !..

Oculi, *repassant au 2.*

Plaisante pas du tout !.. Suis furieux !..
(*Le caporal paraît.*)

SCÈNE VI

Les Mêmes, Le Caporal, un homme de garde

Le Caporal

Mon adjudant !.. Un supplément au rapport...
(*Cap. 1, Fri. 2, Adj. 3, Bal. 4, Gr. 6, For. 6,
Ledru 7.*)

Oculi, *lisant.*

En voilà une journée ! (*Il lit*) « Par ordre du
général de brigade et en raison du départ pour
les manœuvres, toutes les punitions sont levées. »

Gribouillou

Chouette !... Ce soir... on va retourner à la
Brasserie.

Forgeot

A nous encore... la grande vadrouille !...

Oculi, *à Baluche.*

Qu'est-ce qu'il a cet abruti... mais il est dégoû-
tant, tout mouillé, d'où sortez-vous ?

Baluche

Mon adjudant, c'est parceque j'ai perdu...

Oculi

Quoi ?

Baluche

J'ai perdu mon...

Gribouillou, *bas à Baluche pendant que l'adjudant
se retourne vers le sergent.*

Ne dis pas que t'as perdu ton uniforme.

Oculi, *à Baluche.*

Eh bien ?

Baluche

Eh ! bien j' l'ai retrouvé, je l'avais, je devais
lavoir.

Oculi

Vous le laviez au lavoir et vous l'avez laissé
tomber.

Baluche

C'est Pivoine qui...

Oculi

Mais vous allez attraper du mal.

Baluche

Manquerait plus que ça que je perde mon uniforme et que j'attrape du mal par dessus le
marché.

Oculi

Faut changer d'effets.

Baluche

Oui. (*A Ledru*) Faut me rendre ma tunique.
Ah ! ça me colle. (*Il secoue la jambe et donne un
coup de pied à l'adjudant*).

Oculi

Qu'est-ce qu'il fait ?

Baluche

Rien, je m' décolle mon adjudant, je me
décolle.

Oculi

Des colles ! J' vais vous en fiche moi de
colles... Vous me ferez 4 jours.

Un homme de garde, *entrant.*

Mon adjudant, un supplément au rapport...
(*Il salue, fait demi-tour et sort*).

Frivolard, *à part.*

Il en pleut !

Oculi

Par ordre du colonel... En raison des incidents
d'hier soir... et du départ pour les manœuvres,
le quartier sera rigoureusement consigné après la
soupe... (*Frivolard, Gribouillou et Baluche remontent un peu et changent de numéro*).

Ledru, *passant.*

Après la soupe... Alors, mon adjudant... il
faut que je parte tout de suite.

Oculi

Oui, fichez le camp... puisque ma punition est
levée (*l'arrêtant*) vous direz à votre femme que
je ne pourrai pas aller lui faire la cour ce soir...

Frivolard, *à Ledru.*

Pas de chance !... Nous qui voulions aller dé-
poser le baiser de l'étrier... sur le front de ces
dames.

Ledru

Ce sera pour votre retour. (*Il sort*).

SCENE VII

Les Mêmes, **Cuisinier,** *entre avec un seau de peinture contenant de la peinture et un pinceau. Il a la figure barbouillée.*

Oculi

Tiens, un peau rouge... Non, c'est encore le loustic à la lessiveuse... Qu'est-ce que vous avez ?

Cuisinier

Mon adjudant, je m'ai disputé avec les sapeurs... Ils m'ont flanqué le pinceau dans la figure... Je viens me plaindre...

Oculi

Mais si c'est de la térébenthine, c'est sain... *(Il prend le pinceau et le passe à Forgeot)* Qu'est-ce que c'est que ça ?

Forgeot

Ah ! mon adjudant !... Ç'en est !

Oculi

Quoi ! quoi ! Ç'en est ?

Cuisinier

De la peinture !... Ça a le même goût...
(A ce moment, Gribouillou pousse Forgeot qui dans ce mouvement flanque son pinceau sur la figure de l'adjudant à qui il fait une tache ridicule).

Oculi, *furieux à Cuisinier qui rit.*

C'est de sa faute à cet imbécile-là !... S'il n'était pas venu avec son seau ..
(Il prend le seau et le retourne sur la tête de Cuisinier. La peinture inonde la figure de Cuisinier).

Cuisinier

Et ma femme qui m'attend !...

CHANGEMENT A VUE

5ᵉ TABLEAU

La Veille des Manœuvres

La scène est divisée en deux parties inégales. La plus grande partie à droite, représente la chambrée. A gauche, la chambre de l'adjudant Oculi. Au fond, portes de la chambrée et de l'adjudant. Une table, un fauteuil, un lit. Dans la chambrée, cinq lits praticables, une table, planche à pain, etc.
Il est huit heures du soir, dans la chambrée, lampe allumée suspendue au plafond. Dans la chambre de l'adjudant, autre petite lampe allumée, placée sur la table.

SCENE PREMIÈRE

Dans la chambre de droite, **Forgeot, Gribouillou, 1ᵘʳ soldat, 2ᵉ soldat** *puis* **Oculi,** *puis un* **homme de garde.** *Dans la chambre de l'adjudant, à gauche,* **Cuisinier** *grimpé sur une échelle, badigeonne le mur avec une nonchalance comique. Dans la chambrée Forgeot et Gribouillou grimpés sur des tabourets sont occupés à fixer une gamelle pleine de farine et sciure au-dessus de la porte d'entrée ; les deux autres soldats sont entrain d'astiquer sur la table en chantant :*

Mademoiselle, voulez-vous du tabac
Avec une pipe, avec une pipe de bois.

Cuisinier, *s'arrêtant de peindre et s'asseyant sur une échelle.*

J'ai essayé trois ou quatre fois de me tirer des pieds... mais y a pas moyen... la consigne est rigoureuse... qu'est-ce que ma femme va dire quand je vais rentrer à la maison ?

Oculi, *entrant dans la chambre, suivi d'un homme de garde.*

Je vous y prends encore à flêmer !.. bougre d'andouille !.. vous n'avez rien fichu de la journée, vous vous payez ma tête... vous y mettez de la mauvaise volonté. . Mais je ne vous céderai pas, vous passerez plutôt la nuit ici, espèce de loustic ! *(Cuisinier travaille, à l'homme de garde)* Tenez, Belloiseau, prenez ma couverture et allez la mettre sur le lit de la chambre de l'adjudant de semaine, j'étais gelé cette nuit. *(L'homme de garde prend la couverture et sort).*

Cuisinier

Mon adjudant ? quand est-ce que je pourrai parler au colonel.

Oculi, *grimpant sur l'autre côté de l'échelle.*

Au colonel ? Dans un mois... quand vous aurez fait les manœuvres.

Cuisinier, *descendant de son échelle au fur et à mesure que l'adjudant monte de l'autre côté.*

Eh bien... depuis quand qu'on fait faire les manœuvres aux civils ?

Oculi

Dites donc, vous n'allez pas recommencer à faire le malin... J'ai bien voulu ne pas rendre compte de votre évasion de cette nuit puisque heureusement on vous a rattrapé à la brasserie... vous avez même eu la chance de ne pas rester à la boîte... Ah ! vous pouvez dire que vous êtes un veinard.

Cuisinier

Mon adjudant... c'est pour mon épouse qu'attend toujours la sage-femme.

Oculi

Elle se passera bien de vous pour ça votre femme, espèce d'empoté... *(Il sort).*

Cuisinier

Eh bien, il m'en bouche une superficie l'adjudant... y a pas... il faut que cette nuit, je me tire des pieds... Ces bougres là... ils seraient capable de me faire faire les manœuvres de force ! *(Il remonte l'échelle près de la porte du fond).*

Forgeot, *dans la chambrée descendant de son tabouret.*

Ça y est. La machine infernale est préparée.

Gribouillou

Maintenant, y a pas d'erreur, le premier qui rentre reçoit tout sur la gueule.

2ᵉ Soldat, *se levant et allant sur un lit.*

Pour qui qu' t'as préparé la gamelle ?

Forgeot

C'est pour Baluche, not' bleu.

1ᵉʳ Soldat, *se levant et rangeant ses affaires.*

C'est pas chouette de lui faire des blagues puisqu'il a été nous chercher de quoi à licher.

Gribouillou

Qu'est-ce que ça fiche, pourvu qu'on rigole.
(A ce moment le caporal ouvre la porte de la chambrée et reçoit le contenu de la gamelle.)

Le Caporal

Bon Dieu ! qu'est-ce qui a fait ça ?

Forgeot (4)

Ah ! pardon, caporal... C'était pas pour vous.

Le Caporal, *allant à son lit*

C'était pas pour moi, mais j'ai trinqué tout de même... Ah ! mes gaillards... si on n'était pas à la veille des manœuvres, vous n'y couperiez pas de six mois de chambre à l'œil.

Baluche, *entrant vivement avec une cruche*

V'là de la vinasse ! *(Il verse aux deux soldats, à Gribouillou et Forgeot dans leurs quarts.)* Amenez vos quarts ! *(A Forgeot et à Gribouillou.)* Savez-vous qui c'est que je viens de voir à la cantine ? *(Les deux soldats remontent après avoir bu.)*

Forgeot *et* Gribouillou

Non ?

Baluche (1)

Pivoine.

Forgeot (2) *et* Gribouillou (3)

Pivoine ?

Baluche

Pivoine, qui a appris par Ledru que le régiment était consigné ce soir et elle est venue trouver la cantinière qui la fait passer pour une nouvelle cuisinière.

Gribouillou

Et bien, mon colon... elle en a un béguin pour toi.

Forgeot

Si Nana et les autres pouvaient rappliquer aussi, c'est ça qui serait chouette !

Baluche

Chut ! Faut pas le dire !.. Elles vont venir après l'instinction des feux.

Gribouillou

C'est y vrai ! Bon Dieu de bon Dieu !

Baluche

Mais oui... paraît que c'est très facile avec une échelle.

Forgeot

Problable... Nana est déjà passée par cette fenêtre.

SCÈNE II

Les Mêmes, le Permissionnaire, *puis* Oculi
et Frivolard

(*On entend plusieurs fois le clairon sonner
l'appel du soir.*)

Cuisinier, *mettant des paroles sur la sonnerie de l'appe*[l]

Tous les cochons sont là. (*bis.*)

Eh bien ! moi, je voudrais bien ne pas y être
(*Il s'étend sur le lit de l'adjudant.*)

Le Caporal

Vivement, préparons-nous pour l'appel.

Le Permissionnaire, *paraît, il est pochard ; il a
une musette remplie, titube effroyablement et tombe sur
la table.*

Vive la Classe et les bons de tabac !

Le Caporal

C'est Lardillon... qui rentre de permission... et
avec une muflée... (*A Lardillon.*) Couche-toi,
il est saoul.

Le Permissionnaire

J'suis saoûl... moi... j'suis saoûl... Eh bien, y
en a d'autres... à preuve qu'ils crânaient pas dans
l'train, l'artillot... et l'hussard... salaud d'artillot.
Cochon de z'hussard.

Le Caporal, *à ses hommes*

Couchez-le vivement... j'entends l'adjudant, et
il trinquerait.

Forgeot *et les soldats le déshabillent de force*

Allons, vite, au pieu !

Le Permissionnaire

Au pieu ! J'veux pas m'coucher... J'veux faire
les manœuvres tout de suite... Mêm' que le z'hussard... il s'est mis avec l'artiflot. . dans le train...
pour engueuler les fantabosses... cochon d'artillot,
salaud de z'hussard.

Gribouillou

Couche-toi vite.

Le Permissionnaire

J'ai pas sommeil.

Forgeot

Fais semblant.

Le Permissionnaire

J'veux aller casser la gueule aux artiflots, et
aux z'hussards.

Forgeot, *lui enfonce son bonnet de coton sur les yeux*

Ferme ! V'là l'adjudant.

(*Paraissent l'Adjudant et Frivolard et l'homme
de garde portant une lanterne.*)

Frivolard

A l'appel ! (*Tous les soldats se sont placés devant un lit.*)

Le Caporal

Baluche ?

Baluche

Présent.

Le Caporal

Forgeot ?

Forgeot

Présent.

Le Caporal

Gribouillou.

Gribouillou

Il est là !.. Oh ! pardon mon adjudant.

Le Caporal

Pivolet ?

2ᵉ Soldat

Sent !..

Le Caporal

Torchebœuf ?

1ᵉʳ Soldat

Présent !

Le Caporal

Lardillon ?

1ᵉʳ Soldat

Dort.

Le Permissionnaire

C'est pas vrai, je dors pas. (*Se soulève.*)

Gribouillou, *il le couche.*

Tais-toi donc, poivrot.

Le Caporal

Pélissier, en congé ; Folichon, ordonnance du
major ; Brindeau, permissionnaire de la nuit ;
Michaud, ordonnance du capitaine; Morot, secrétaire du colonel, c'est tout mon adjudant.

Oculi, *faisant le tour de la chambrée et remontant.*

Tâchez de vous coucher vivement... le régiment part à cinq heures pour les manœuvres... Je promets... 4 jours de clou au premier qui arrivera le dernier.

Baluche, *bas à Frivolard qui suivait l'adjudant.*

Tu sais, Pivoine est venue me retrouver... elle est à la cantine.

Frivolard

Tant mieux, faut rigoler la veille des manœuvres... Moi, j'ai bien donné rendez-vous à Adèle.

Oculi, *du dehors.*

Vous venez sergent.

(*Oculi à ce moment ouvre la porte de sa chambre, surpris, Cuisinier saute à bas du lit, veut grimper vite et dégringole sur Oculi, l'échelle se trouvant à ce moment près de la porte.*)

Oculi

Bougre d'animal !.. Il devient de plus en plus bête, de quart d'heure en quart d'heure... cet idiot là... ça avance, ce badigeonnage ?

Cuisinier, *sur son échelle.*

Oui, mon adjudant.

Oculi

Dépêchez-vous, après l'extinction des feux... il faut que tout le monde soit couché. (*Il sort.*)

Cuisinier

Après l'extinction des feux, faut que je me cavale. Cette fois, ça n'a que trop duré. (*Il badigeonne furieusement.*)

Gribouillou

Si qu'on irait boire une tasse ?

Forgeot

Et prendre les provisions pour ces dames.

Le Caporal

Vous feriez mieux de vous pagnotter.

1er Soldat

Caporal, c'est ma tournée... allons faire un zanzibar.

Gribouillou

Tu viens, Baluche ?

Baluche, *retirant sa veste et arrangeant son lit.*

Retourner à la cantine ! Ah ! non merci... Je suis t'esquinté... Je me pagnotte.

Forgeot

Alors, on trinquera à ta santé, mon poteau. (*Ils sortent en chantant.*)

> Et retintin, nous partons demain
> Et rititi, nous voilà partis...
> Allons donc, demain nous partons.

SCÈNE III

Le Permissionnaire, Cuisinier, Baluche, *puis* Pivoine.

Baluche, *tout en rangeant son lit et quittant sa veste.*

Aller à la cantine... Pour y trouver Pivoine qui m' demanderait encore de l'amour... Très peu, mon colon... après la grande bombe d'hier soir et avant les manœuvres de demain, faut se mettre au pieu.

Cuisinier, *s'arrêtant de travailler et s'asseyant sur son échelle.*

Qu'est-ce que ma femme peut faire à cette heure-ci ? Elle donne peut-être à têter à son gosse ?.. Et encore... quel gosse... C'est-il un garçon ou une fille ?

Baluche

Je vais roupiller comme un n'amour !

Pivoine, *paraît par la porte du fond* (1).

Bonsoir, mon petit Baluche... Les autres m'ont dit que t'avais pas voulu venir... Alors, si tu ne veux pas venir à moi... C'est moi qui viens à toi... (*Vient s'assoir près de lui. Jeu de scène de Baluche qui se recule tout le temps.*) Ben, tu sais, t'as pas l'air aimable... ce soir... qu'est-ce que tu fais mon loulou ?

Baluche (2).

Je suis trop fatigué pour causer d'amour... hier, aujourd'hui ; toujours alors? Et dormir ?

Pivoine

Tu dormiras demain soir... et puis les autres soirs aussi. Pendant les manœuvres, tu seras sage. (*Elle lui ébouriffe les cheveux et le regarde amoureusement*) Ah ! que j'ai chaud... que j'ai chaud... avec ça... que le temps est à l'orage...

Baluche, *il passe devant elle et prend, le n° 1.*

Dis donc, tu vas pas te déshabiller ici ? les autres vont rappliquer.

Pivoine, *se levant et allant à lui.*

Tu as raison ; j'ai entendu dire à la cantine que l'adjudant Oculi ne couchait pas dans sa chambre étant de service.

Baluche

Oh ! ce que t'en as du vice, ma Pivoine.

Pivoine, *montrant la porte.*

Elle est à côté la chambre de l'adjudant... même que v'là sa porte.

Baluche

Elle est condamnée c'te porte !

Pivoine

Ça ne fait rien, on fera le tour... viens vite.

Baluche

Oh ! les femmes ! Ce qu'elles ont de l'astuce !

Pivoine, *passant derrière lui en le caressant.*

Viens, mon canard bleu, viens qu'on se dise des mots qui caressent.

Baluche

C' que t'en as de la poésie et de la volupté.

Pivoine

Toi aussi t'es poiétique. (*Elle l'amène*) Allons, viens causer d'amour.

Baluche

T'as tort, je ne crois pas que je vais être spirituel. (*Ils sortent par la porte du fond.*)

Cuisinier, *se remettant au travail et tournant le dos au public, moins visible debout sur le plateau fixé après son échelle.*

J'aime mieux travailler. Le temps me semblera moins long.

Le Permissionnaire, *rêvant.*

Cochon d'Artiflot !

Pivoine, *entrant doucement dans la chambre de l'adjudant.*

Viens, il n'y a personne.

Cuisinier, *sur l'échelle, derrière le lit à part.*

Mai si, il y a du monde.

2. **Baluche**

C'est risqué, tout de même, si l'adjudant revenait.

Pivoine, *allant à la porte de communication.*

Attend, je vais ouvrir la porte de communication s'il y a du pétard, on filera dans la chambrée.

Cuisinier, *à part.*

Eh bien ! Elle en a du culot, la bonne femme.

Pivoine, *revenant vers le lit.*

Ce qu'elle est dure, cette serrure...

Baluche, *allant à serrure et l'ouvrant.*

On ne l'ouvre jamais.

Pivoine, *retire sa robe, la met sur le lit.*

Tu permets que je me mette à mon aise.

Cuisinier, *à part*

Je crois que je vais me rincer l'œil.

Baluche

Mais non, mais non, je vais m'en aller.

Pivoine, *le rattrapant.*

T'en aller, quand ta Pivoine veut te prouver sa passion. quand elle te donne son cœur, ses yeux, sa bouche, sa chair.

Cuisinier, *à part.*

Eh ben, mon vieux c'est un plat assorti.

Baluche

J' suis pas entrain.

Pivoine

Ça ne fait rien, mon chéri ! (*Elle l'embrasse et le fait asseoir sur le lit à côté d'elle.*)

SCENE IV

Les Mêmes, Oculi.

Oculi, *il entre dans la chambrée dont il fait le tour.*

Ils sont partis licher ces sauvages. Hier, ils ont nocé en ville. Maintenant ils vont se piquer le nez à la cantine.

Baluche

Nom de nom ! l'adjudant ! (*Ouvre la porte de communication et voit l'adjudant qui lui tourne le dos, il entre et se trouve près du permissionnaire qui en rêvant dit, Cochon d'Artiflot, l'Adjudant sort.*) Zut !.. Il est dans la chambrée !

Pivoine, *montrent la porte du fond*

File par là.

Baluche, *affolé.*

Non, il pourrait me rencontrer sur le palier... Oh ! sous le lit. (*Il disparait sous le lit, la tête vers le public.*)

Pivoine, *s'asseyant sur le lit.*

Maintenant, à nous deux mon petit adjupète !

Oculi, *entre dans la chambre par le fond, à lui même.*

Tas de rosses ! Ça ne pense qu'à vadrouiller. (*Voit Pivoine*) Comment, une femme dans ma chambre ?

Cuisinier, *toujours sur son échelle décroche un tableau le long du mur et le met devant lui, pour ne pas être aperçu par les autres personnages.*

On va rigoler.

Oculi

Qui êtes-vous ?

Pivoine, *prenant une attitude bête*

C'est moi, Pivoine, de la Brasserie Cosmopolite.

Oculi

Ah ! c'est votre patronne qui vous envoie?

Pivoine

Mais non, je viens de moi-même

Oculi

Et pourquoi faire ?

Pivoine, *1, riant bêtement.*

Ah ! ah ! ah ! Pourquoi faire ? Ah ! ah ! Ça se demande pas mon adjudant. (*Entrent Forgeot et Gribouillou dans la chambrée.*)

Gribouillou

Je m'en doutais, il doit être dans quelque coin avec Pivoine.

Forgeot

Faisons vite, alors ! (*Ils montent le lit de Baluche en bascule et sortent*).

Oculi, 1.

Comment ? Est-ce que ?.. Ah ! mais...
(*Jeu de scène d'œillades comiques pendant les 2 répliques de Forgeot.*)

Pivoine, *brusquement.*

Oscar ! J' te gobe !

Oculi

Ah ! mais... Elle est encore très bien, cette Pivoine.

Pivoine

Et puis, j'ai le cœur si tendre.

Baluche, *sous le lit.*

Est-ce qu'elle a besoin de lui raconter ça ?

Oculi, *à part.*

A défaut de la patronne ! Je vais me rattraper avec Pivoine. (*Il vient près d'elle.*) C'est rudement gentil d'être venu me voir... Ma belle Pivoine... ma jolie Pivoine. pour la peine, viens que je t'embrasse.

Baluche, *sous le lit.*

Mais non... mais non...

Pivoine

Ah ! Oscar ! Comme t'embrasse bien.

Baluche, *à part.*

Quoi qu'elle lui fait donc bon Dieu ! (*Il la tire par son jupon. Elle lui donne des coup de pieds*).

Cuisinier

Pourvu qu'ils n'éteignent pas la lampe !

Pivoine

Alors, mon adjudant...on s'aimera nous deux... après les manœuvres.

Oculi

Si tu te figures que je vais attendre jusque là. C'est tout de suite. (*Il commence à dégrafer sa tunique.*)

Baluche, *à part.*

Tout de suite ! Et moi, alors ?

Oculi

Belle Pivoine, je t'ai, je te veux !

L'homme de garde, *frappant à la porte de l'adjudant.*

Mon adjudant, le capitaine adjudant major vous demande.

Oculi

Que le diable emporte le service ! Attends-moi *(Il remet sa tunique)* Je reviens tout de suite. *(Il sort par la porte du fond).*

Baluche, *sortant de dessous le lit et se mettant à genoux devant le lit face au public.*

Merci... ô Saint-Baluche, mon patron, d'avoir sauvé ma Pivoine des bras de ce cochon. Tiens, je fais des vers ! *(Il se relève et va à Pivoine.)*

Pivoine

T'es bête ! Tu crois donc que je me serais laissée faire ?

Baluche, *tendre, passionné.*

Me v' là jaloux maintenant, et je te reraime toute plein.

Pivoine

On ne peut pas rester ici. *(Elle entr'ouvre la porte de communication.)* L'adjudant va rappliquer. Dis donc ! y a personne dans la chambrée ! Si qu'on irait.

Baluche

Ma foi, oui, au moins là, les gradés ne me couperont pas la chique. *(Ils rendent dans la chambrée.)*

Cuisinier, *il descend vivement de son échelle et mettant le tableau près du lit.*

Bon Dieu, de bon Dieu ! je tiens mon moyen pour aller retrouver ma femme. *(Pendant la scène suivante il s'habille en femme avec la robe que Pivoine a laissée sur le lit).*

SCÈNE V

Le permissionnaire *couché*, **Cuisinier** *dans la chambre*, **Baluche, Pivoine** *dans la chambre*, **Forgeot, Gribouillon,** 1ᵉʳ *et* 2ᵉ **soldats.**

Baluche, *à Pivoine.*

Pourvu qu'on ai le temps de se bécotter avant que les copains reviennent.

Pivoine

Se bécotter ?.. Seulement ?
(Le permissionnaire ronfle comme une toupie.

Pivoine qui allait s'asseoir sur le lit de Baluche se relève vivement en entendant le permissionnaire.)

Pivoine

Zut ! Il y a quelqu'un !

Baluche, *remontant près du lit du permissionnaire.*

C'est Lardillon... qu'est rentré de permission.

Lardillon, *rêvant.*

Tout artiflot qu' t'es... j' te flanquerai sur la gueule, entends-tu... le z'hussard ! Cochon d' z'hussard ! va !

Baluche

Il rêve !

Pivoine

Alors, mon Baluche, viens rêver aussi... rêver d'amour et d'ivresse.

Baluche

Pivoine, viens t'épanouir.

Pivoine

Oh ! oui !.. Je m'épanouis comme une tomate !.

Cuisinier, *mettant les serviettes dans son corsage.*

Faut que je me colle de l'estomac, y a de la place de libre !..

Baluche

Que je t'aime !.. Que je t'aime !
(Baluche et Pivoine s'asseoient sur le bout du lit qui bascule. Baluche roule par terre ainsi que Pivoine. A ce moment paraissent Forgeot, Gribouillou et les 2 soldats. Ils ont des bouteilles et des victuailles.)

Gribouillou

Quoi donc ! mon poteau ! tu fais de la haute école ?..
(Forgeot aide Baluche et Pivoine à se relever.)

Le Permissionnaire, *se réveillant.*

Vos gueules ! qui ! On ne s'entend pas dormir !

Gribouillou

Salut à la belle Pivoine !.. Vous arrivez au bon moment... On va souper tout à l'heure avec vos camarades de la brasserie. *(Il met la table qui était contre la séparation, au milieu de la chambrée.)*

Pivoine

Comment... elles vont venir ici...

Gribouillou

Oui, après l'extinction des feux ! (*On entend des « Pi-ouit ! Pi-ouit ! »*) Tenez, entendez-vous leur signal !

Cuisinier, *complètement habillé.*

Me voilà prêt. . Quand tout le monde sera endormi, je filerai...

(*On entend sonner l'extinction des feux plusieurs fois... la sonnerie devient de plus en plus lointaine.*)

Forgeot *et* **Gribouillou**, *chantant sur l'air du clairon de l'extinction des feux.*

Narcisse, prêt'-moi ta pip' que j' fume ?
J' n'ai pas de tabac !..

Cuisinier

Obéissons au réglement ! (*Il souffle la lampe.*)

Forgeot, *cachant la lampe de la chambre sous un lit.*

Je vais souffler la calbombe dans un coin... et à nous la folle ivresse. (*Demi nuit en scène*).

Le Caporal, *se déshabillant.*

Vous savez... je vous préviens... je ne veux rien savoir... je me couche... et je dors...

Forgeot

Pays... tu ne veux pas souper avec nous...

Le Caporal, *se couchant.*

Rien savoir... je ne veux pas être responsable... je dors... (*Pendant la scène suivante, il se couche en bougonnant. Les « pi-ouit » deviennent plus rapprochés... Gribouillou ouvre la fenêtre, clair de lune.*)

Gribouillou

V' là le beau sexe qui rapplique.

Pivoine, *préparant vivement et comiquement la table elle met un journal en guise de nappe.*

Baluche, passe-moi les cervelas.

(*On voit une échelle se dresser le long de la fenêtre.*)

Nana, *du dehors.*

Tenez bien, là-haut !

SCÈNE VI

Les Mêmes, Nana, Flora, Antonia, Victoria.

Gribouillou

As pas peur, ma payse... Tu ne peux pas tomber... je te regarde...

(*Nana puis Flora, Antonia, Victoria qui enjambent la fenêtre et sautent dans la chambrée, pendant qu'au premier plan, Pivoine continue à mettre le couvert. Tout en disant bonjour aux nouvelles venues*).

Pivoine

Bonjour Nana !

Nana

Tiens, t'es là, Pivoine ?

Gribouillou

Sapristi ! Mettez une sourdine...

Pivoine

Il ne fait pas très clair. Allons bon... je mets la main dans la moutarde... Ous qu'est le pain...

(*Antoine puis Victoria descendent en scène, les hommes les embrassent comiquement. Quand la 4ᵉ femme est entrée, Forgeot et Gribouillou accrochent une couverture à la fenêtre. Demi-jour en scène, mais dans la chambrée seulement la chambre de l'adjudant doit rester plongée dans l'obscurité.*)

Pivoine

Mes enfants, on n'a plus qu'à bouffer !

Les Femmes

Chouette !

(*Une d'elles saute sur le lit du permissionnaire qui se réveille en sursaut et se lève sur son séant*).

Le Permissionnaire

Quoi qu' c'est qu' ça ? Des *souris*, ah les belles *souris*. Gribouillou crois-tu qu'il y en a des *souris*. Mais c'est le Paradis du Dahomey ! (*Il descend en chemise*). Alors à nous la grande vie !

Le Caporal

Plus bas, bon Dieu, je dors !..

Pivoine, *très bas.*

La main aux dames... et à table !...

(*Le souper a lieu en pantomine pendant que la scène suivante se passe dans la chambre de l'adjudant.*)

SCÈNE VII

Les Mêmes, *plus* Oculi, *dans la chambre de gauche.*

Cuisinier, *qui écoutait à la porte pendant la scène précédente à plusieurs fois entr'ouvert la porte, mais entendant du bruit dans l'escalier, il n'a pu sortir. Ces jeux de scène seront réglés de façon à ne pas gêner les scènes qui se passent dans la chambrée.*

J'entends plus rien, filons!.. Je crois que cette fois, je vais pouvoir la quitter pour toujours cette satanée caserne ! .

Oculi (2), *entrant.*

Comment, tu t'en allais, ma belle Pivoine...

Cuisinier (1), *à part.*

Ah ! l'animal. (*Haut*) Oui... oui, je suis pressé...

Oculi

Mais moi aussi... ma belle chérie... je suis pressé. (*Il prend la taille de Cuisinier*) Ma caille, ma pigeonne, ma colombe...

Cuisinier

Laissez-moi tranquille .. Je veux m'en aller, na...

Oculi

Mais tu ne vas pas faire la bégueule maintenant... (*Il lui prend la poitrine*) C'est à toi... tout ça... je les croyais moins gros... Et puis.., puisque c'est le lion déchaîné que tu veux... Pivoine... A moi... tu m'appartiens... Je t'aurai... de gré ou de force...

Cuisinier, *se dégageant des bras d'Oculi.*

Ah ! Fiche-moi la paix!.. (*Il prend le tableau laissé près du lit, il le flanque sur l'adjudant qui le perce avec sa tête et s'élance au dehors poursuivi par l'adjudant, le cadre sur les épaules*) Enfin, je vais retrouver ma femme ! .

Oculi

L' Cuisinier.. C'est encore ce rossard de Cuisinier...

(*Ils sortent en se poursuivant*)

SCÈNE VIII

Les Mêmes, *moins* Cuisinier *et* Oculi, *puis* Frivolard *et* Adèle.

Gribouillou

Mes petits enfants ! . Le régiment part en manœuvres aussitôt le réveil, mettons les bouchées doubles.

(*Tout le monde s'embrasse. — Sur la ritournelle de l'air suivant, au même moment, dans la chambre d'Oculi, paraissent le sergent Frivolard et Adèle, tous deux viennent s'asseoir sur le lit, et chantent comme tout le monde en s'embrassant*).

AIR : *Ah ! que c'est bon l'amour.*

CHŒUR FINAL

Oh ! la la ! qu'c'est bon les amours !
Comm' nous n'avons pas tous les jours
Une petite femme à bécoter
Ce soir il faut en profiter !
De la casern' v'là les gaités
On n' va pas s'embêter !

Sur ce chœur, changement à vue. Les Directeurs qui jugeront inutile de donner le 6e tableau, pourront terminer la pièce sur ce tableau animé.

6e TABLEAU

Le Régiment en Marche

L'obscurité se fait alors dans la salle. On entend dans la coulisse les sous-officiers commander :

« Tout le monde en bas ! »

Puis les commandements : A droite... Alignement... Fixe !..
Par colonne de compagnie! Régiment! En avant! Marche !

Dans la coulisse on entend les clairons et les tambours jouer la Marche du Régiment. On entend le pas des hommes qui va s'affaiblissant ainsi que la musique. C'est le régiment qui s'éloigne.

Après un silence très court, on entend au lointain la musique du régiment jouer un pas redoublé... Cette musique se rapproche de plus en plus, puis on entend de nouveau, à la cantonade, derrière le rideau, les répliques suivantes.

Oculi

Une, deux, une, deux ! Eh bien Baluche vous marchez sur les genoux.

Baluche

C'est Pivoine qu'en est cause !

Gribouillou

Eh ! Fargeot !

Fargeot

Eh ! Gribouillou ! Pige la petite brune !

Gribouillou

Elle en a un œil !..

Oculi, *regardant Cuisinier qui est sorti du rang.*

Dites donc Cuisinier !.. Au pas !.. Nom de Dieu !..

Tous

Au pas, Cuisinier ! (*Ils le bousculent*).

Cuisinier

Et ma femme qui m'attend !..

(*Le rideau se lève et le public a la sensation d'un régiment en marche. Viennent dans cet ordre*).

En tête.

Oculi, puis Frivolard.

Forgeot	1-2-3	soldats.
Gribouillou	1-2-3	»
Baluche	1-2-3	»
Cuisinier	1-2-3	»
Torchebœuf	1-2-3	»
Pivolet	1-2-3	»
Caporal	1-2-3	»

Tous, *ils chantent.*

Air : *Le Régiment en marche.*

Au pas, camarades, au pas !
La route est belle.... etc.

RIDEAU

NOTA. — On peut supposer que le caporal tient la tête d'une deuxième escouade, et faire paraître des clairons et des tambours au moment du baisser du rideau, pour finir en un mouvement de marche.

Vannes. — Imp. LAFOLYE, 2, place des Lices. — 1904.

AUTEURS	TITRES DES ŒUVRES	Hommes	Femmes	Prix nets
R. Brasseur.	Constat d'adultère d	8	3	loc.
Habrekorn et P. Mare	Contes de Piron (Les)	2	10	loc.
Lebreton-Moreau	Contrôleur des Wagons-Bars (Le)	5	3	loc.
R. Raygriar F. Lemauland	Coquins de Souliers	4	2	loc.
Ryvez.	Cordon s'il vous plait	3	3	loc.
Lebreton-Moreau	Cote et Cocottes	4	4	3 »
C. Roland	Courroie (La)	2	1	loc.
J. Dare et G. Habrekorn	Course aux pantalons (La) d	6	4	loc.
L. Bouvet-G. Arribat	Course au Sac (La)	4	2	loc
Habrekorn	Couturière est au-dessus (La)	2	3	loc.
G. Cellier et E. Joullot	Couverture (La)	4	3	loc.
F. Bouveret	Créanciers du coffre-fort (Les)	5	3	loc.
Marsan (de)	Crépuscule des vieux (Le)	3	2	loc.
Mize et Saintis	Crocodile a des scrupules (Le) d	3	3	loc.
Guillemand-de Marsan	Culotte à l'envers (La) d	15	10	loc.
De Roze et d'Arasy	Culotte du marié (scène) (La)	1	»	t
H. Duharnois	Cure Merveilleuse (La)	3	1	loc.
Saint-Paul	Dame aux bluets (La)	2	2	loc.
Lebreton-Moreau	Dans cent ans d	troupe	»	loc.
Pierre Achard	Dans l'Escalier	2	1	loc.
Sourilas	Dégrafée d	3	3	5
Mestre-Aubry	Demoiselle des Martigues (La) d	3	10	loc.
Cellier-Gramet	Demoiselles Plumemboy (Les)	3	4	loc.
Marc Sonal-Pierre Laurey	Départ du régiment (Le) d	5	10	loc.
Saint-Paul	Déraillement (Le)	3	2	loc.
St-Paul-G. Rose fils	Dernière carotte (La)	3	2	loc.
L. Lefèvre	Dernier verre (Le)	2	1	4 »
F. Barbier	Deux amours de chandeliers	1	1	5 »
F. Matz	Deux avares (Les) d	2	1	8 »
Ch. Hubans	Deux coqs vivaient en paix	2	1	6 »
F. Gracia	Deux estafiers (Les)	2	»	2 »
Vallès-Garnier	Deux femmes de M. Grochose (Les)	3	2	loc.
A. Condamin	Deux heures de retard	2	2	loc.
M. Chautagne	Deux muses (Les)	2	»	4 »
F. Barbier	Deux parfaits notaires (Les)	2	»	4 »
Hervé-Lecocq	Deux portières pour un cordon d	3	»	4 »
Gribinski	Déveine (La)	2	2	loc.
Moreau-Boucherat	Diable au Moulin (Le)	4	8	loc.
St-Paul-G. Rose fils	Divorcerons-nous	3	2	loc.
Gramet-Talber	Doigt coupé (Le)	troupe	»	loc.
Léon Laroche	Domestique pour rire (Un)	1	1	4 »
G. Rose fils	Don Juan de Montmartre	3	3	loc.
Saint-Maurice	Doubles Vierges (Les) d	troupe	»	loc.
L. Bouvet-Lebreton	Drapeau du Régiment (Le)	5	4	loc.
Sourilas	Drapeau jaune (Le) d	4	2	4 »
F. Muffat-L. Bouvet	Dudule	3	2	loc.
Bouvet-Sevry	Dupont et Dupont	4	3	loc.
St-Paul et Rose fils	Durandard est un bon garçon	3	2	loc.
Dottin, Boulay-Lavrice	Duriflard	5	2	loc.
L. Bouvet-Schmoll	Echange de bals	5	5	loc.
De Lannoy et Lions	Echarpe (L')	4	2	loc.
J. Domere	Ecole buissonnière (L')	3	»	3 »
Boulay-Layrice	Ecole des Cocus (L')	4	3	loc.
Yver-Septmons	Eh! Ohé! Ladrupette! d	2	»	loc.
Trebla-Croisier	Elle! d	4	1	loc.
Ed. Lhuillier	Elle débute ce soir	1	1	4 »
Delarnelle	El senor Piffardino	1	1	4 »
M. de Marsan	Empire du milieu (L')	3	2	loc.
Marsay	En colonne d	troupe	»	loc.
Daunys et Morels	Encore un déraillement	3	2	loc.
Saint-Paul	Encore une revue	4	4	loc.
Lebreton-Moreau	Enfant des halles (L') d	3	2	loc.
Jallais Hubans	Enlèvement des Sabines (L')	troupe	»	loc.
Guillemand-de Marsan	Enfants d'Edouard (Les) d	2	3	loc.
Lebreton-Duroc	Enragés d	4	4	loc
Gribinski	En répétition	4	3	loc.
Villebichot	Entre deux jardins	1	1	4 »
Lebreton-Duroc	Entresol d'Eugène (L') d	4	6	loc.
Garnier-Vallès	Erreur de Bridouille (L')	3	2	loc.
Banès	Escargot (L')	2	3	6 »
A. Pajol	Esprits d'Argenteuil (Les)	5	2	loc.
P. Pottier R. Dubreuil	Estime du Concierge (L')	2	1	loc.
D. Dihau	Eternel roman (L')	1	1	4 »
Deurel-Roydel-Trasel	Etrennes utiles	3	2	loc.
L. Jancey	Exercice de nuit	3	2	loc.
Garnier-Vallès	Exploits de Malichard (Les)	6	4	loc.
L. Bouvet-Ch. Barantière	Extras de Balochard (Les) d	4	4	loc.
St-Paul-G. Rose, fils	Fais ça pour moi	3	2	loc.
F. Beauvallet	Faites le jeu, Messieurs d	3	1	loc.
Moreau-Gramet	Famille Nitouche (La)	3	4	loc.
L. Bouvet, J. Sevry-Resis	Family-Plage	8	4	loc.
Lebreton-Moreau	Farces du Printemps (Les) d	6	4	loc.
St-Agnan Choler	Faut du prestige (vaud.) d	3	2	loc.
Lebreton-Duroc	Faut que j'casse la g. à Baptiste d	5	3	loc.
G. Rose père	Faux cols d'Oscar (Les)	1	2	loc.
B. Lesuey-Liesu	Félicité	3	2	loc.
Flers	Femina d	troupe	»	loc.
Ch. Gabet	Femme de Valentino (La) d	2	2	loc.
Morman	Femmes qui fument (Les) d	7	8	loc.

AUTEURS	TITRES DES ŒUVRES	Hommes	Femmes	Prix
F. Chaudoir	Fête à Claudine (La)	1	1	4 »
E. Duhem	Fête à M. le Maire (La)	5	2	4 »
Guillemaud	Feuille à l'envers (La) d	4	3	loc.
G. Portir-A. Doyen	Fiançailles de Toinette (Les) d	1	1	loc.
Dorfeuil-Bouvet	Fiancé des Nourrices (La) d	4	5	loc.
Javelot	Fiancés berrichons (Les)	1	1	3 »
Soulié	Fiancés du bonnet de coton (Les)	1	1	5 »
L. Vasseur	Fichue idée d	2	1	5 »
Brigliano-Talber	Fichue situation d	4	4	loc.
Lionville	Fièvre phylloxérique (La)	3	2	4 »
Bertrié	Fille du charpentier (La)	3	1	5 »
Lebreton-Moreau	Fille du marin (La) d	8	7	loc.
Deurel, Roydel, E. Hervé	Filles de Cornenville (Les)	4	7	loc.
Lebreton-Soudant	Filles de la Cantinière (Les) d	7	4	loc.
Lebreton	Filles du Charcutier (Les)	3	3	loc.
Lebreton-Moreau	Fils à Papa (Le) d	4	7	loc.
Lebreton-Moreau	Fils de Gouape	4	4	loc.
Chanlieu et Battaille	Fils de M. Alphonse (Le)(vaud.) d	5	2	loc.
Duroc-Mailfait	Five O'Clock de la Baronne	7	2	loc.
Villebichot	Fleuriste et typographe	1	1	5 »
Lebreton-Talber	Foire aux nichons (La) d	7	7	loc.
Pradels-Quinel	Fosse aux ours (La)	4	4	loc.
Lemonnier	Françoise les bas bleus d	troupe	»	loc.
Moreau-Soudant	Francs-tireurs de la mort (Les)	troupe		loc.
Lebreton-Boissier	Frangine (La) d	7	6	loc.
Lévy-Merset	Fantrognon d	8	11	loc.
Lebreton-Moreau	Frère de lait (Le)	1	2	4 »
Carin-Tomy	Friper's and C° d	5	8	loc.
Lebreton-Moreau	Friquet d	9	7	loc.
Cieutat	Furet (Le)	»	1	4 »
Moreau-Touzé	Gai gai mariez-vous!	4	3	loc.
Moreau-Darsay	Gaîtés du bastion (Les)	5	3	loc.
Marsèle (I.)	Galant Douanier	3	1	loc.
L. Bouvet et Arribat	Garçonnière de Dutocard (La)	3	3	loc.
Seraine	Garde champêtre de Corneville (Le)	1	»	1 »
L. Dottin	Gendre de M. Duplantoir (Le)	3	2	loc.
Lebreton-St-Paul	Gontran se marie	3	2	loc.
B. Lebreton-Soudant	Gosse (La)	3	2	loc.
Froyez-Colias	Grand Duc Moleskine (Le) d	6	6	loc.
Lefort	Grand papa de la chanson (Le) d	1	1	3 »
Rose fils et Ryvez	Greffeur (Le)	4	3	loc.
Lebreton-Blairat	Grenouille (La) d	4	2	loc.
Hervo-Merki	Grève des Boulangers (La)	5	»	1 »
Moreau-Marcus	Grève des facteurs (La)	2	2	loc.
M.-Brisao	Guerre aux hommes (La) d	6	7	loc.
Lebreton-Nicolle	Gueule d'Or d	6	6	loc.
L. Bouvet F. Muffat	L'Héritage de Malassis	4	3	loc.
Lebreton-Moreau	Héritière des Carapattas (L') d	8	8	loc.
De Marsan	Heureux gagnant	4	1	loc.
C. Roland-A. de Lorde	Hermance a de la Vertu, 2 actes d	2	1	loc.
Villebichot	Hirondelles de la rue (Les)	»	2	3 »
L. Bouvet et G. Arribat	Homme du Parc Monceau (L')	3	2	loc.
Rose fils	Homme explosible (L')	2	2	loc.
Lebreton-Blairat	Homme pâle (L') d	4	2	loc.
Lebreton-Duroc	Hôtel d'Artistes d	troupe	»	loc.
Lebreton-Duroc	Hôtel de Noblemanne d	4	4	loc.
St-Paul-Rose fils	Hôtel des Fantômes (L')	3	1	loc.
Barantière et Bouvet	Hôtel du lac bleu (L') d	7	6	loc.
Deurel-Roydel-Jest	Hôtel modèle d	7	7	loc.
E. Barbé-de Téramond	Huissier des bons jours (l')	3	2	loc.
Antigeon-Bourel	Hypnotiseur malgré lui (L') d	3	2	loc.
Mize-Bernède	Idées de M. Coton (Les) d	3	2	loc.
C. Roland	Il était une fois d	1	1	loc.
Bessière-De Noter	Ile de Nénuphar (L')	5	2	loc.
Briollet et Tinant	Ile Jaune (L')	8	4	loc.
De Lannoy et Lions	Indispensable (L')	2	2	loc.
Briollet et Arnould	Invalide à la tête de bois (L')	7	2	loc.
B. Lebreton et Blairat	Invalides du Mariage (Les) d	7	7	loc.
Moniot	Jacotte	1	1	5 »
Liger-Aubrun	J'ai perdu Virginie	3	1	loc.
Nargeot	Jeanne, Jeannette et Jeanneton d	2	3	8 »
Michiels	Jefque et Trinne	1	1	4 »
St-Paul	J'en ai plein le dos	2	1	loc.
Lebreton-Soudant	J'épouse ma bonne d	5	4	loc.
A. Perronnet	Je reviens de Compiègne	»	1	4 «
Yvel	Jeune homme du Tunnel (Le) d	3	3	loc.
Bernicat	Jeunesse de Béranger (La)	3	1	6 «
B. Lebreton	Jeunesse de Hoche (La)	6	6	loc.
Lebreton-Moreau	Jocrisses du mariage (Les) d	troupe	»	loc.
B. Lebreton	Joies du divorce (Les) d	troupe	»	loc.
Marsan (de)	Jour de gloire est arrivé (Le)	4	1	loc.
L. Collin	Journée aux soufflets (La)	1	1	4 «
J. Férol	J'teux de sorts (Le)	7	4	loc.
Fransois-Darys	Jules d	1	1	loc.
Herpin	Ki-Ki-Ri-Ki d	troupe	»	loc.
Paul Avril	Labistrouille	3	2	loc.
Soudant	Lâchée	5	1	loc.
De Marsan	Lebille est de logement d	7	8	loc.
Desormes	Leçon de musique (La)	1	1	loc.

AUTEURS	TITRES DES ŒUVRES	Hommes	Femmes	Prix nets
Bernicat	Jeunesse de Béranger (La)	3	1	6 »
B. Lebreton	Jeunesse de Hoche (La)	6	6	loc.
Lebreton-Moreau	Jocrisses du mariage (Les) d	troupe	»	loc.
B. Lebreton	Joies du divorce (Les) d	troupe	»	loc.
Marsan (de)	Jour de gloire est arrivé (Le)	4	1	loc.
L. Collin	Journée aux soufflets (La)	1	1	loc.
J. Férol	J'teux de sorts (Le)	7	4	loc.
Fransois-Derys	Jules d	1	1	loc.
S. Paul-Paul Avril	Jumeaux (Les) d	6	4	loc.
J. Burdas	Jumelles (Les) d	4	1	loc.
St-Paul-P. Avril	Labistrouille	3	2	loc.
Soudant	Lâchée	5	1	loc.
Desormes	Leçon de musique (La)	1	1	4 »
J. Clérice	Léda d	troupe	»	loc.
J. Roullet	Légionnaire (Le) d	5	3	loc.
St-Paul	Leroy s'amuse	3	2	loc.
A. de Lorde	Lettre (La) d	1	3	loc.
Dourel-Herbel	Letrimard est un Gaffeur	2	2	loc.
A. Verse	Leur argent d	2	1	loc.
L. Jancey	Lili et Tonton d	1	1	loc.
Cazaneuve	Loi du pal (La) d	troupe	»	5 »
Darcy (M.)	Loterie (La)	3	2	loc.
Barbé	Loup et l'Agneau (Le) d	3	3	loc.
Verneuil	Loupiot (Le)	2	»	loc.
Dourel (L.) Herbel (E.)	Lucien est maboule l	3	1	loc.
Herpin	Lune de Miel (La) d	troupe	»	loc.
Moreau-Gramet	Ma Colonelle	2	2	loc.
Clairville fils	Madame la baronne d	1	1	4 »
Wachs	Madame le docteur	2	1	loc.
H. Monréal-H. Blondeau	Madame Méphisto d	troupe	»	loc.
Tarnemo-Celval-du Theou	Madame Tubéreuse d	10	9	loc.
Lebreton-St-Paul	Mademoiselle le Docteur	3	2	loc.
V. Roger	Mademoiselle Louloute	2	2	5 »
C. Fiévet H. Piquet	Magicien (Le) d	3	2	10 »
Roydel-Février	Magnétisé sans le savoir	2	2	loc.
Bessière-Marinier	Maire et Martyr d	3	2	loc.
F. Lémon-L. Schmoll	Maires	7	5	loc.
Talexy	Maître Grelot	4	1	? »
Bouvet	Major Purjotin (Le)	4	3	loc.
Lebreton	Mam'zelle Baïonnette	3	3	loc.
Moyne-Jacoutot	Mam'zelle Claudinette d	3	2	loc.
V'ar Nemo-Celval	Mam'zelle Culot	troupe	»	loc.
De Lajarte	Mam'zelle Pénélope d	3	1	7 »
De Champolos-Jacquin	Mamz'elle Phryné	3	1	loc.
Fransois	Mandat (Le) d	7	3	loc.
De Lorde-C. Roland	Ma Négresse d	1	2	loc.
L. Bouvet et Dottin	Mannequin (Le)	3	2	loc.
Ian Pierre et Morelo	Manœuvre électorale	3	»	loc.
de Marsan	Marchand de cochons et le Dépendeur d'andouilles (Le)	3	3	loc.
H. Moreau	Marchande de Choux-fleurs (La) d	7	6	loc.
Jouhaud	Mariages riches	1	1	3 »
Moniot	Marianne et Jeannot d	1	2	8 »
Toilet-Froc	Marié sans l'être	4	»	3 »
Moreau-Duroc	Maris jaloux (Les)	5	2	loc.
Simiot	Mariés de Nanterre (Les)	1	2	4 »
A. Monjardin-L. Ratcée	Marions-nous d	4	4	loc.
H. Moreau G. Arnould	Marquis de Priolit (Le) d	6	3	loc.
Beissier-Sciama	Mars et Vénus	3	2	loc.
Guillou	Matinée du Prince (La)	4	3	loc.
A. Verse	Matuvu fait des béguins	5-5 ou 4-4		loc.
M. de Lagarde	Mèche (La)	3	2	loc.
Moreau-Boucherat	Médjidié (Le)	3	1	loc.
Gresset-Bernard	Méfiez-vous d'Oscar d	3	2	loc.
E. André	Melon (monologue saynète)	1	»	2 »
De Marsan	Ménage Blésimard (Le)	3	2	loc.
B. Lebreton H. Moreau	Ménage d'artistes	6	5	loc
Moreau-Darsay	Ménage Poire (Le)	2	2	loc.
Desormes	Menu de Georgette (Le)	3	2	8 »
Gribinski	Mercredis de Jules (Les)	3	2	loc.
Harry Blount-F. Lémon	Mère Lemec (La)	4	2	loc.
Ch. Gabet	Mérite des femmes (Le) d	4	4	loc.
Soudant-Moreau	Mimi Vadrouille	troupe	»	loc.
P. Achard et F. de Pitray	Minuit et demi d	1	1	loc.
De Marsan	Miss Cocktail d	6	9 ou 6	loc.
Lebreton-Moreau	Miss Kissmy d	5	5	loc.
Beissier	Miss Million d	troupe	»	loc.
Maycargue	Modern Styl	2	2	loc.
Bessier-Moreau	Môme aux Camélias (La) d	troupe	»	loc.
Bessière-Ruffier	Môme aux grands yeux (La) d	8	8	loc
L. Rivaux	Mon Oncle et ma Tante	4	3	3
Chassaigne	Monsieur Auguste d	1	1	loc.
De Marsan	Monsieur Babolin	3	2	loc.
De Marsan	Monsieur de chez Maxim's (Le)	3	3	loc.
Paul Vallès	Monsieur Dutrognon	4	1	loc.
E. Bessière	Monsieur l'Inspecteur	2	4	loc.
Garnier-Vallès	Monsieur ma belle-mère	2	3	loc.
L. Rivaux	Monsieur Pâtemolle	2	2	loc.
Lebreton-Moreau	Monsieur Sans Gêne d	troupe	»	loc.
Marsèle (J.)	Monsieur sourd (Le)	3	2	loc.
L. Fortin A. Doyen	Mort vivant (Le)	2	1	loc.
Blairat-Neuzillet	Mouche (La) d	5	7	loc.
Moreau-Touzé	Mouche du Coche (La)	4	2	8 »
Pariot, Chanteclair-Covelard	Moulin d'Amour (Le) d	5	3	4 »
	Moyen de l'être (Le)	1	1	loc.
	Myope et presbyte d	1	1	3 »
Dottin et G. Touzé	Nègre pour rire	3	2	loc.
Dorfeuil-Moreau	Nez de Cyrano (Le) d	troupe	»	3 »
L. Lhuillier	Nez enchanté (Le)	1	1	loc.
Lebreton-Blairat	Ninie la Rouquine d	5	3	loc.
Herpin	Noce à Grospoulot (La)	5	7	4
F. Barbier	Noce à Suzon (La)	1	1	loc.
Beissière-Noter	Noces de Lambiston (Les)	5	2	5 »
L. Collin	Noces d'or (Les)	2	1	loc.
Sachs-Damiens-Neuzillet	Nombrikatus 1er D	5	7	loc.
Moreau-Rivaux	Nommé Baluche (Le)	1	2	loc.
De Marsan	Non Lieu d	3	»	loc.
Bouvet-Darantière	Nos bons touristes d	5	4	loc.
Lebreton-Beissier	Nos Marsouins en Chine d	7	8	loc.
Moreau-Gramet	Nos petites Chattes	3	4	loc.
Dorfeuil-Guillemaud-Duharnois	Nos pioupious d	6	4	loc.
Lebreton-Moreau	Nos voisins d	6	6	loc.
V. Roger	Nourrice de Montfermeil (La)	2	3	6 »
G. Rose fils	Nous allons chez les Durand	1	1	loc.
Ch. Gabet	Nouvel Achille (Le) (vaud.) d	5	1	loc.
Roux-Prud'homme	Nuit de Noces de Beauflanchet	6	4	loc.
F. Bossuyt	Nuit de Noël	2	2	loc.
Jacobi	Nuit du 15 octobre (La) d	3	1	6 »
H. Blondeau-H. Monréal	Olympia-Revue d	troupe		loc.
Rose père	Omelette au lard (L')	4	2	loc.
Dédé fils	Oncle et Neveu	3	»	3 »
Louis Bouvet	Oncle Maboulin (L')	4	4	loc.
Marc-Sonal-Gréhon	On demande des jolies femmes d	6	11	loc.
St. Paul	On parle Anglais	5	6	loc.
Marc Sonal	Orage d'hier (L') d	2	2	loc.
Bessière-Ruffier	Ordonnance Bézuquet (l')	2	2	loc.
St-Paul-G. Rose, fils	Ordonnance malgré la (2e éd.)	3	2	loc.
Saint-Paul	Oscar est détraqué ... id.	4	3	loc.
Berthelot-Roland	Othello chez Thaïs d	4	0	loc.
Sacra Emmecé	Où est le père	8	14	loc.
Du fils	Paille et la Poutre (La)	»	2	6 »
Boulay-Layrice	Palmé D	4	5	loc.
Guillemont	Pantalon de Casimir (Le) d	1	1	6 »
Robert Laurent-Julin	Par amour	3	2	loc.
A. Petit	Par autorité de Justice d	7	9	loc.
L. Rivaux	Parachute (Le)	3	2	loc.
Jean Myrès	Par délicatesse d	1	2	loc.
Dorfeuil-Moreau	Paris aux Courses d	troupe	»	loc.
Febvre-Gréhon	Paris sans tailleurs	7	7	loc.
F. Barbier	Par la fenêtre	1	1	4 »
Lambert-Lebreton	Par la Gymnastique d	2	2	loc.
De Marsan	Par Téléphone	3	3	loc.
De Marsan	Partie Carrée	4	3	loc.
Henry Moreau	Partie de Campagne d	troupe	»	loc.
B. Lebreton	Parties fines	4	4	loc.
Ed. Lhuillier	Pasquinette	1	1	3 »
Ch. Esquier	Passes magnétiques	3	2	loc.
Benédite-Jancourt	Pays Vierge (le) d	8	4	loc.
De Marsan	Peau Neuve d	3	3	loc.
H. Moreau-E. Brasseur	Peau-rouge de la Bastille (Le)	4	4	loc.
D. Fabrice	Pêche au mari (La)	2	3	loc.
B. Adin-Th Cahen	Peint malgré lui	4	2	loc.
Rose, fils	Peintre de talent	2	3	loc.
Moreau-Darsay	Pension Carabin (La)	5	4	loc.
L. Bouvet	Pensionnat St-Amour (Le)	4	4	loc.
Albert Lambert	Père Suroit (Le) d	3	1	loc.
Offenbach-Roques	Péri-Colle (Parodie de Périchole)	2	1	2 50
Lebreton-St-Paul	Péril jaune (Le)	2	2	loc.
E. Warnoes	Permission de Binjot (La)	3	2	loc.
H. Moreau-Soudant	Permission de la nuit	6	4	loc.
Perrault-Maty	Perruche de ma femme (La) d	4	3	loc.
Tréblat-St-Cyr	Personne	2	1	loc.
Landay	Pet!! Pet!!	3	3	loc.
Bouvet-Schmoll	Petit Assommoir (Le) d	6	6	loc.
B. Lebreton	Petit factionnaire (Le)	4	3	loc
L. Collin	Petit Spahi (Le)	3	3	5 »
Lebreton-Moreau	Petite baronne (La) d	6	9	loc.
Linas	P'tite bête vit encore (La) d	1	1	4 »
L. Rivaux-F. Rodel	Petite boulangère (La) d	troupe		loc
Moreau-St Cyr	Petite Carmen (La) d	9	10	loc.
Lebreton-Moreau	Petite colonelle (La) d	7	3	loc.
Gribinski	Petite Etoile	3	2	loc.
L. Bouvet-St-Paul	Petite Fifi (La)	3	3	loc.
L. Bouvet-F. Muffat	Petites Actrices (Les)	4	4	loc.
Darantière, Bouvet-Godferneaux	Petits Baisers (Les) d	3	2	loc.
Lebreton-Moreau	Petites Menichons (Les) d	troupe	»	loc.
A. Petit	Petits lapins (Les) d	4	9	loc.
Maurey et Jimbu	Petits Trottins (Les) d	5	6	loc.
Lebreton-Moreau	Petits Zouzous (Les)	troupe	»	loc
J. Clérice	Phrynette d	5	9	5 »
Celval-Tarnemo-Gibard	Pichard d	5	2	loc.
André	Picotin (Le)	1	»	2 »
Lebreton-Beissier	Piston de Clémentine (Le)	3	2	loc.
Schmoll	Piton	4	2	loc.
A. Ibels	Planète Billoud (La) d	3-2 ou 4-3		loc.
E. Herbel-L. Dourel-Roydel	Plaquée	3	3	loc.
H. Alavoine	Plumechat et Cie d	4	6	loc.
H. Barbé	Plus que 1089 jours	3	1	loc.
F. Barbier	Points jaunes (Les)	1	1	5 »
Desfossez-Piccolini	Pommes d'amour (Les)	6	4	loc.
D. Verdellet	Pompier d'End... (Le)	troupe	»	loc.

AUTEURS	TITRES DES ŒUVRES	Hommes	Femin.	Prix nets
Autigeon-Dournal	Poste restante 222 d	4	3	loc
Duhem-L.Martin	Potache en goguette (Le)	4	2	loc.
F. Barbier	Poupée automate (La)	1	1	5 »
St-Paul-G. Rose fils	Pour avoir la fille	4	3	loc
C. Roland	Pour le guérir d	1	2	loc
Vabrey	Pour Mademoiselle d	2	3	loc
A.Verse-Paul-St-Philippe	Pour pincer Éliane	3	2	loc.
Fay	Pour qui le gosse ?	2	3	loc.
Lebreton-St-Paul	Pour qui votait-on ?	4	2	loc.
A. Lambert	Première brouille (La) comédie	»	1	loc.
St-Paul-P. Avril	Première scène	2	3	loc
Couturet	Premières amours d	4	1	loc.
F. Barbier	Premières armes de Parny (Les)	1	3	loc
L.Bouvet-G.Arribat	Prends mon Oncle	4	2	loc
G.Rose fils-H.Ryvez	Prestige de l'uniforme (Le)	4	2	loc
P.Pottier-R.Dubreuil	Prise de la Bastille (La)	4	1	loc
Moreau	Professeur de chant (Le)	1	1	»
De Marsan	Pucelle de Mézidon (La)	3	3	loc
De Ste-Croix	Pygmalion d	1	2	4
Lebreton	Quatre hommes et un Caporal	5	3	loc.
G. Rose fils-Ryvez	Que Madame n'en sache rien	2	2	loc.
Garnier-Héros	Queue du Diable (La) d	troupe	»	loc.
Dalilia-Héros	Qui va à la Chasse	1	1	loc.
L. Collin	Qui se dispute s'adore	1	1	3 »
St-Paul-G.Rose fil	Qui veut la fin	2	2	loc
L.Bouvet-F.Mufflat	Rabiot (Le)	3	2	loc
Léon Jancey	Ra! Fla!!	2	1	loc.
Ch. Lecocq	Rajah de Mysore d	troupe	»	4 »
Villebichot	Réponse du Berger (La)	1	1	»
Millou	Repos du dimanche (Le) d	2	1	loc
Jacoutot	Retour de Kerdrec (Le)	2	1	»
Meugé	Retour de Margotte (Le)	1	1	»
L. Collin	Retour de Musette (Le)	1	1	4 »
Autigeon-Dournal	Revanche de Verluisant (La) d	5	1	loc.
De Marsan	Retapant de la rue de la Pompe (Le)	5	5	loc.
Autigeon-Dournal-Roydel	Revenants (Les) d	3	3	loc.
André-Monézy-Eon	Rêve d'Anaïk (Le) d	2	3	loc.
Marsele-A.deLorde	Rêves d'un soir d	1	1	loc.
Lebreton	Revue à l'envers (La)	4	4	loc.
St-Paul	Revue interdite (2e édition)	4	4	loc
Guillemaud	Rien des Agences d	3	2	loc.
Lhuillier	Risette	»	1	1 »
Ch. Thony	Robes et Manteaux d	5	9	loc.
F. Chaudoir	Roi Claquette (Le) d	3	3	6 »
Yvel et Briollet	Roi Koku (Le)	troupe	»	loc.
Desormes	Roland furieux	3	1	5 »
L. Desormes	Romance impossible (La)	2	2	2 »
Busnach	Rosière de Valentino (La) d	2	3	loc.
Michiels	Rosière d'Interlaken (La)	1	1	4 »
Ch. Gabet	Ruy Black (v) d	7	6	loc.
Jancey	Sabre et plumeau	1	1	loc.
G.Rose fils-F.Bouvret	Sacré Cake-Walk	3	2	loc.
L. Rivaux	Sacré jour de l'an	6	3	loc.
L.Bouvet-G.Arribat	Sacré Jules	2	2	loc.
D.Fabrice-A.Darmont	Sacré Trouillet	6	2	loc.
Briollet-Tinant	Sacré Vermillon	3	3	loc.
B.Lebreton-J.Lebreton	Sacrée Nounou	3	3	loc.
H. Moreau-Arnould	Saint-Antoine malgré lui	5	5	loc.
P. Letaure	Saint-Prosper (La)	2	2	loc.
Claments	Saint-Yves (La) d	2	1	5 »
B.Lebreton-J.Lebreton	Salade de Gendarmes	4	2	loc.
Champavert-Robin	Sandrina	3	2	loc.
L. Dottin	Sauvage malgré lui	3	1	loc.
Ch. Lecocq	Sauvons la caisse d	1	2	6 »
Valfrat-Febvre-Bonnamy	Septième Escouade (La) d	8	7	loc.
Garantière-Bouve	Sergent Sans-Souci (Le) d	6	6	loc.
R. Planquette	Serment de Mme Grégoire (Le)	1	1	8 »
Lebreton-Soudant	Serment du marin (Le)	4	2	loc.
Lebreton-Moreau	Signe de Léda (Le) d	8	8	loc.
Duvier	Simone et Boquillon	2	1	5 »
Lebreton-St Paul	Singeries de l'Amour (Les)	5	5	loc.
MarcSonal-H.Moreau	Six filles d'Abélard (Les) d	7	7	loc.
B.Lebreton-H.Darsay	Sœur du Cabotin (La)	4	2	loc.
Lebreton-Duroc	Soir de Noce d	4	4	5 »
R.Buffières-Malfait	Soirée bourgeoise	2	2	loc.
Lenerre	Soirée d'amateurs... pochade	5	»	loc.
Lebreton-Moreau	Soldat !	5	5	loc.
H. Gilbert	Son Amant	2	1	loc.
C. Roland-J. Marselle	Son petit truc d	4	1	loc.
Bernard-Gresset	Souffleur par amour d	3	1	loc.
Meyan	Soupirs du cœur	3	2	4 »
Briollet-Tinant	Source merveilleuse (La)	4	2	loc.
Damaré-P. Laurey	Sous-Préfet de Pézenas (Le)	4	2	loc.
Ch. Malo	Souviens-toi de Clémentine	2	1	loc.
Moreau-Darsay	Spiritisme des Familles	4	4	loc.
Tac-Coen	Suzette, Suzanne et Suzon	1	3	loc.
C. Roland et P. Berthelot	Symphonie en Jaune mineur d	1	1	loc.
A. Mesnil	T'amuses-tu Pingot	6	3	loc.
Levavasseur	Tante d'Amérique (La)	3	3	loc.
C. Roland	Ta pomme, Pâris	3	10	loc.
Wachs	Tata chez Toto	2	1	4 »
G. Hervé-D. Fabrice	Témoin	4	4	loc.
Lempereur et Primard	Témoin (Le)	3	1	loc.
Lambert-Lebreton	Terre-Neuve d	3	5	loc.
Saint-Paul et Rose fils	Terrible affaire	3	2	loc.
Briollet-Gerny-Sonal	Testament Cracfort (Le)	8	6	loc.
[illegible]	Théonbi...	2	[illegible]	loc.

AUTEURS	TITRES DES ŒUVRES	Hommes	Femm	Prix nets
Hervé	Toinette et son carabinier	2	1	5 »
A. Monézy-Eon	Mon coq et ma poule d	3	1	loc.
Bessier-de Gorsse	Tonton d	5	3	6 »
Blanchard de la Bretesche	Torero de Lolotte (Le)	5	5	loc.
M. Guillemaud	Toto la Rincette	5	5	loc.
Wachs	Totor et Titine	1	1	loc.
Hubans	Tour de Moulinet (Le) d	2	1	8 »
Bouvet-Febvre	Tournée Cabotin (La)	3	3	loc.
Cartier	Train des Maris (Le)	2	2	4 »
Moreau-Duroc	Tranquil' hôtel	5	4	4 »
Moreau-Darsay	Trente mille francs par an	2	2	loc.
Lebreton-Moreau	Treize jours d'un Parisien (Les) d	troupe	»	loc.
Lebreton-Moreau	Treizième spahis (Le) d	troupe	»	loc.
Ch. Gabet	Trésor des Dames d	2	1	loc.
B. Lebreton-St-Paul	Tringlots (Les)	4	3	loc.
Lebreton-Moreau	Trio de troupiers d	7	5	loc.
H. Gilbert	Triple alliance (La)	5	2	loc.
J. Lecocq-J. Lebreton	Trois Cousins (Les) d	5	3	loc.
H. Lebreton-J. Tranchant	Trois Divorces (Les)	5	3	loc.
Lebreton-Péramoud	Trois Gosses (Les)	4	4	loc.
Bouvet	Trois hercules pour une femme	3	2	loc.
Bessière	Troisième du trois (La)	6	6	loc.
Lebreton-Moreau	Trois Maçons (Les) d	4	2	loc.
L. Bouvet et G. Arribat	Troublante énigme	3	3	loc.
Rose fils-H. Ryvez	Trouvez un père	4	5	loc.
Guillemaud-de Marsan	Truc de Binochet (Le)	3	2	loc.
Lambert-Lebreton	Truc du Pharmacien (Le)	4	1	loc.
.. David	Tu l'as voulu d	3	1	loc.
Héros-Jost	Tziganie dans les Ménages (La) d	troupe	»	6 »
Javelot	Un amour d'épicier	2	1	loc.
Bessière	Un attentat au bois	2	2	4 »
P. Letaure	Un beau-père criminel	3	2	loc.
Jardet-Lannoy	Un bon ami	2	1	loc.
D. Fay	Un bon tuyau	9	4	loc.
H. Barbé-G. Touzé	Un cas d'amnésie	3	2	loc.
Henrion	Un charcutier dans les fers	1	1	4 »
De Marsan	Un client pas sérieux	4	3	loc.
Chassaigne	Un Coq en jupons	1	1	4 »
Banès	Un do malade	2	1	5 »
Wachs	Un domestique pour rire	1	1	4 »
Moreau-Gramet	Un dragon pour deux	3	2	1 »
L. Roy	Un épicier peu commode	4	2	loc.
G. Laurens	Un futur sur le gril	2	1	4 »
Ch. Malo	Un gendre à poigne	2	2	5 »
H. Levavasseur	Un grand criminel	4	2	loc.
Pericaud	Un hercule qui ne veut pas se rouiller	2	1	loc.
F. Bouveret	Un héritage de 100 millions	5	3	4 »
Camille Clermont	Un honnête homme d	3	2	loc.
St Paul	Un jour d'audace	4	2	loc.
Cambillard	Un mariage à la force du poignet	1	1	3 »
Ch. Malo	Un mariage au flageolet	1	1	4 »
Robin	Un mariage en Chine d	4	1	6 »
F. Bernicat	Un mari à l'essai	1	1	4 »
Pericaud	Un mari en grande vitesse	3	1	4 »
Moreau-R. Parault	Un mari somnambule	2	2	loc.
L. Collin	Un mauvais consort	2	»	4 »
D. Fabrice	Un miracle	2	2	loc.
Blanchard de la Bretesche	Un mois de clou c	3	2	loc.
P. Vallès-E. Garnier	Un Monsieur qui frotte	4	3	loc
B. Lebreton-St-Paul	Un Oncle pour deux	3	2	loc.
Chassaigne	Un [illegible] de ménage	1	1	4 »
Mayrargue	Un Sauvetage	2	3	loc.
F. Barbier	Un souper chez Mlle Contat	»	2	5 »
C. Esquier	Une affaire de mœurs d	4	2	loc.
Bernicat	Une aventure de la Clairon	2	2	6 »
D. Fabrice-Neuzillet	Une chasse à Fontainebleau	5	4	loc.
Lebreton-Blairat	Une Consultation d	4	3	loc.
Garnier-Vallès	Une Corbeille de Noce	5	3	loc.
E. André	Une drôle de Marquise	2	1	3 »
Claments	Une étoile d'antichambre d	2	1	5 »
Jouhaud	Une femme du quart de monde	2	1	4 »
MarcSonal-VictorGrehon	Une femme pour six sous	3	3	loc.
Villebichot	Une femme qui bégaie d	3	2	6 »
L. Roques	Une femme tombée du Ciel	1	1	5 »
Villebichot	Une fille à trucs	3	1	4 »
Lionville	Une fille en loterie	2	1	4 »
Touzé-Monjardin	Une intrigue chez les Monchamiel	2	1	loc.
Desormes	Une lune de miel normande	1	1	4 »
L. Collin	Une mariée sans mari	1	1	4 »
Ed. Lhuillier	Une marine à la vapeur	1	1	3 »
Desormes	Une mauvaise connaissance	3	2	5 »
Moreau-Darsay	Une mauvaise nuit	2	2	loc.
Moreau-Dorfeuil	Une nuit de Paris d	troupe	»	loc.
Bouvet-G. H.	Une nuit chez les Grafouillot d	4	3	loc.
Duhem	Une partie à Robinson	2	2	4 »
L. Martin	Une partie de pêche	5	4	loc.
B. Lebreton-Saint-Paul	Une petite femme en or	3	3	loc.
Wachs	Une pleine eau à Chatou	2	1	4 »
Bernicat	Une poule mouillée	1	1	4 »
Lebreton-St-Paul	Une Rosserie	2	2	loc.
De Paniagua	Une sale Histoire d	3	2	loc.
Chassaigne	Une table de café	2	»	4 »
Robillard	Une tempête conjugale	1	1	4 »
Liger-Aubrun	Urticaire (L')	4	1	loc.
Habrekorn-Latourette	Vache à Palu (La) d	4	1	loc
Jean Meudrot	Valentine a du talent d	1	2	[illegible]
R. Planquette	Valet de cœur (Le)	1	[illegible]	[illegible]
[illegible]	Vase de Soissons (Le)	3	[illegible]	[illegible]

www.ingramcontent.com/pod-product-compliance
Ingram Content Group UK Ltd.
Pitfield, Milton Keynes, MK11 3LW, UK
UKHW021643090726
13657UKWH00004B/1735